OSHIRO

SADATOSHI

沖縄の祈り

大城貞俊

■主な登場人物

◇A大学　総合文化学部大学院

ジジュン　＝韓国から来沖した沖縄文学研究者。

上原義人　＝沖縄戦後詩の研究者。教員。

比嘉友也　＝琉球史研究者。真久田ゼミ所属。

国吉貴子　＝方言を比較研究。仲本ゼミ所属。

多和田真孝＝沖縄芝居役者。仲本ゼミ所属。

塚本盛徳　＝ジジュンと上原の指導教員。

◇B大学　国際地域創造学部大学院

ボーミック＝米国から来沖した組踊研究者。

斉藤洋子＝ボーミックのゼミ仲間。

与那嶺悠子＝ボーミックらの指導教員。

◇その他

上原朋子＝上原義人の妻。

伊波忠信＝上原義人の義兄。

宇久田隆一＝県内保守系市長の秘書。

■インタビュー協力者

川満彰（沖縄戦市民研究者）
平良啓子（沖縄戦体験者）
喜屋武幸清（沖縄戦体験者）
幸喜良秀（演出家）
謝花直美（地元新聞記者）
吉川嘉勝（沖縄戦体験者）
平得壮市（元ハンセン病患者）
大城浩（元県教育長）
宮良瑛子（画家）
大城立裕（作家）

第一章

1

「沖縄は日本ですか」「沖縄は植民地ではありません」「お願いだから基地を造らないで」「沖縄を忘れないで」「怖い！　早く不発弾を全部処理して」「戦争は二度としないで」「美しい海を残そう」「経済活動をもっと豊かに」「基地のアメリカ人と沖縄の人々が争いなく暮らせますように」「二度と沖縄の人々の血がこの大地に流れませんように」「世界平和を！　戦争を体験した土地だからこその祈りです」「基地から軍用機を飛ばさないで！」「アメリカも日本も仲良くすればいいのに」「動物も植物も自由に生きていけますように」「対立を好まず」「沖縄県出身の人、県外の人、外国の人、人種を問わず、すべての人々がウインウインで生きていける社会を」「沖縄の米軍基地について賛成派と反対派、意見がいろいろあるように思いますが、どっちの意見も尊重して真剣に考えて欲しいと思います」「米軍の悪いニュースしか大きく取り上げないけれど、もっといいこともニュースにして欲しい」「基地問題が解決すること」「ウチナーグチがなくならないように」「いつまでも子どもが生まれ続ける社会でありますように」「沖縄戦を風化させずに二度と戦争を起こさないこと」「青い海を守りたい」「基地を造らないで！」「自然を大切に」「ずっと平和であること」「もっと、歌を聴かせて欲しい！」「平和！」「戦争反対」「基地反対」「非核」……。

ジジュンは、思わずため息をついた。このアンケート用紙に記されている若者たちの回答をどう処理しようか。いや処理するなどという姿勢は不遜ではないか。ふとそんな感慨が沸き起こってきてため息が洩れたのだ。

アンケートは二二〇名。高校生、大学生、専門学校生らを対象に実施したものだ。「沖縄の祈りって、なんですか？」という問いに応えてくれたものである。

アンケートを実施してみたらと言われたのは指導教員の塚本盛徳教授からだった。ジジュンは韓国から沖縄の歴史や文学を学ぶためにやって来たA大学総合文化学部琉球アジア文化学科で学ぶ大学院生だ。

そのように助言されたのは幾つかの伏線があった。最も大きな契機となったのは、沖縄県の翁長雄志知事が急逝した後の八月十一日に開催された「辺野古新基地建設反対県民大会」の帰りでの出来事だった。大会を目前にしての知事の急逝であったがゆえに、知事の後継候補を選ぶ選挙を目前にした大会として盛り上がり、追悼集会の趣をも呈していた。その帰りの途上で、院生仲間の上原義人や塚本教授らと共に喫茶店に立ち寄った。そこで大激論になったのだ。

この大会は台風接近による悪天候の中で開催された。それにも関わらず主催者発表では七万人余が参加し、翁長知事の辺野古新基地建設反対の遺志は県民と共に幅広く浸透していることが示された大会になった。大会会場では、開会直前まで翁長知事が六月二十三日慰霊の日の「沖縄全戦没者追悼式」で読み上げた平和宣言の音声が流れていた。涙を拭う人たちの姿も多かった。

冒頭、参加者一同が黙祷を捧げた後、翁長知事の息子の翁長雄治那覇市議が登壇した。胸には知事が大会に出席するために準備していた辺野古の海の色を表現した帽子を抱いていた。

「父はどうしたら新基地建設を止められるのか、病室のベッドでも資料を読みあさり、一生懸命頑張っていた……」

翁長雄治氏の言葉に、共感と激励の拍手が大きく鳴り響いた。

ジジュンたちは、時には冷たい風雨を頬に受けながらも熱心に弁士の決意表明を聞いていた。大会が終わると足早に会場を後にしたものの、合羽(かっぱ)を脱いで濡れた身体を拭い一息つくために、目についた喫茶店に飛び込んだ。その喫茶店「菩提樹」が激論の場になったのだ。

ジジュンの本名は孫知準(ソン・ジジュン)。仲間からはジジュンと呼ばれている。韓国からA大学にサバティカル(長期休暇制度)を利用してやって来た。三十五歳で男性。韓国には婚約者がいる。沖縄に来る前には九州大学大学院での留学経験がある。人文学研究院で日本文学を研究した。その過程で沖縄文学に興味を持ち今回は沖縄のA大学へ留学した。日本語の読み書きが堪能で、すでに幾つかの沖縄文学作品の韓国語訳本もある。

ジジュンは韓国全羅北道益山（イクサン）市新龍洞にある私立大学、圓光大学（ウォングァン大学）の日本語学科で准教授として勤めているのだが、同僚の先輩金泉湧（キム・センユウ）教授から沖縄行きを勧められたのだ。

キム教授も沖縄での研究生活の経験があり、そのとき交流を深めたのが塚本盛徳教授だった。その縁もありジジュンは塚本ゼミに外国人特別枠で留学することができたのである。

ジジュンの研究テーマは「沖縄における植民地文学」だ。

「えっ、植民地文学？」

同じ研究室仲間で同期入学した上原義人が一瞬首をかしげてジジュンを見た。しかし、まもなくうなずいた。

「なるほどな、沖縄文学は植民地文学か……。少なくとも沖縄は戦後二十七年間は植民地の時代を経験している。この時代の文学を植民地文学と名付けることができるかもしれない。いや今もなお植民地文学は継続されているのかもしれないな……」

上原は、今では最も親しい沖縄でのジジュンの友人だ。四月からの親交だが、上原も沖縄文学の研究を専攻しているので共通の話題も多く一気に親しくなった。

ジジュンは笑みを浮かべて上原の言葉を継いだ。

「ええ、そうなんです。沖縄文学は復帰後も植民地文学と言えるかもしれません。しかし、そうでないかもしれません。ぼくはこのことを確かめるために勉強に来ました」

　ジジュンは上原の疑問にそう答えた。上原がうなずく。

「韓国も、植民地の時代があったよね」

「ええ、ありました。日本の植民地です。明治政府による一九一〇年の韓国併合から一九四五年の日本の降伏まで、朝鮮半島はおよそ三十五年間、日本の植民地でした。韓国では日本の統治時代と呼んでいます。言葉を奪われ、文化を奪われ、支配されました……」

「うん、そうだったな。辛い時代だね」

「ええ……」

「沖縄も戦後すぐに米国軍政府の統治が始まり二十七年間も続いた。途中一九五〇年には米国民政府（USCAR・ユースカー）と名称を変えたが、それよりも長いんだな」

「そうですね……」

「いや沖縄は戦後七十三年余の現在までも植民地時代が続いていると考える人もいる。そう考えると、日米両政府に植民地として利用され支配されている沖縄の統治時代は韓国よりも長い」

「ええ……、そうですね」

「かつて沖縄は琉球王国と呼ばれる島国であった。独立国家だ。それが明治政府に侵略され、解体させられた。それを琉球処分と言う」

「そうでしたね」

「琉球処分は一八七九年のことで、琉球王国は武力によって明治政府に攻め滅ぼされ沖縄県となったのだ。言葉を奪われ文化を奪われ、日本人になることを強いられた」

「ええ、そうでした。沖縄と韓国は似ている歴史を背負っています。その一つが日本国家に併合された植民地の歴史です。そして今なお、沖縄にも韓国にも巨大な米軍基地があります。私が沖縄文学に興味を持つのは、その似通った歴史の上に成り立つ文学の特質を探ることです」

「そうだったな……」

上原は大きくうなずく。

上原とジジュンは一九八四年生まれの同年生だ。沖縄で歳月を重ねた上原よりも豊かなジジュンの博識に驚くことがある。ウチナーンチュよりも沖縄のことを知っているのではないかと思うことが、これまでにも何度かあった。

「ジジュン、是非、沖縄文学の研究を続けて、その特質を世界に発信して欲しい。沖縄の文学は植民地文学なのか。それとも日本文学なのか。相似的な歴史を担った沖縄と韓国の文学はどこが違うのか……」

「ええ、その比較研究を植民地文学というキーワードで明らかにするのがぼくの研究テーマです」

ジジュンの言葉に、上原は頼もしげにジジュンを見て微笑んだ。

二人の研究テーマは重なる部分もあるが、微妙にズレる部分もある。上原の研究テーマは、沖縄戦後詩の研究である。戦後詩の研究を通して沖縄戦後文学の特性を明らかにし、その特性を根拠に「沖縄文学」は成立するということを証明したかった。静岡文学や埼玉文学という言い方はともかく、「沖縄文学」という概念は成立すると考えるのが上原の立場である。日本文学の周辺に位置するもう一つの特異な日本文学で、このことを立証するために大学院での研究生活を選んだのだ。

上原は県内のK高等学校に籍を置く教員だ。ジジュンと同じく塚本ゼミに所属する研究仲間である。塚本教授は日本近代文学が専門で、代表的な論文は梶井基次郎研究であるが、出身地である沖縄文学についても造詣が深かった。塚本教授は沖縄の文学作品に言及した論文や著書も多数あり、県内外の研究者から高い評価を得ていた。それゆえに二人の沖縄文学研究者が塚本ゼミに所属しているのだ。

上原もジジュンと同じく職場を離れての研究生活は一年間に限られていたが、研究成果を教育の現場へ還元したいと思って大学院の門を潜ったのだ。

上原の場合は大学院生として二年間の在籍が認められているが、一年後には職場に戻り、職場での授業の時間割を調整しながら塚本教授の指導を受けることになる。二重の生活の中での研究生活になる。

それでも上原が大学院に入学したのは、研究者としてだけでなく教育者としての思いもあったからだ。沖縄文学の教材を開発し、高校生向けの副読本を編集するのが夢だからだ。上原は県立高校の国語科教師である。関心のある沖縄の詩人たちの詩表現の歴史や作品を通して、広く沖縄文学を俯瞰する視点を持ちたいとも思ったのだ。

ジジュンと上原は互いの研究テーマを語り合うなかで、すぐに意気投合して親しくなった。上原は、すでに結婚をして妻子を持ち、自宅を構えていた。ジジュンを自宅に招き、妻の朋子(ともこ)の手料理をご馳走することも何度かあった。

朋子は二人目の子を身ごもっていたが、三歳になった娘の美希(みき)はジジュンが大好きで、ジジュンが来る度にジジュンにまとわりついている。ジジュンもまた、このことを嫌がる素振りも見せずに、時には膝に抱き、時には馬になって美希を背に乗せた。そして時には手を繋いで二人だけで近所に散歩に出かけるまでになっていた。

「それにしても……」

ジジュンは独りごちた。

アンケートを捲る手を休めて窓辺に寄る。カーテンを開けて外を見る。外はもうすっかり闇だ。建物には灯りがともり、最近完成したばかりの高層ビルのマンションにも灯りがともっている。あの一つ一つの灯りに、寄り集うようにして人々が生きているのだ。沖縄の祈り……、とは何だろう。

高校生たちの回答は多様である。多様なままでいいはずだ。無理に束ねる必要はないのだ。そんな思いも頭を持ち上げてきた。その特質も実態もまだ充分に把握できていない……。

県民大会への参加は塚本教授に誘われたものだった。ジジュンと上原、そしてこのことを聞きつけて、大学は違うが、県内のB大学国際地域創造学部の与那嶺悠子(よなみねゆうこ)教授のゼミに所属するアビンデル・ボーミックと斉藤洋子が参加した。

ボーミックはインド系のアメリカ人留学生で、沖縄の組踊や演劇活動を研究テーマにして論文を書きあげたいと言っている。斉藤洋子は広島の出身だが、B大学へ入学し、そのまま大学院まで進級した。斉藤は「沖縄の絵本」の研究を続けている。絵本を通して見る沖縄戦の継承が研究テーマだ。

二人とは県内の沖縄文化研究会の研究発表会で同席したことをきっかけに親しくなった。アビンデル・ボーミックをジジュンたちは、ボーミック、もしくはボーと呼んでいる。

喫茶店に入ったのは、ジジュン、上原、ボーミック、斉藤、塚本教授、そして会場で出会った塚本ゼミの卒業生宇久田隆一(うくだりゅういち)を加えて六名だった。和やかなコーヒータイムが進んでいたが、その雰囲気は途中から一変した。

ジジュンは、もう一度、窓辺の席に戻りアンケート用紙に目を落とす。若い高校生や学生たちの声は、どれも素直な気持ちでの回答になっているんだろう。無記名という条件であったからか、若者の内なる声が飾らずに素朴なままでつぶやかれ、書かれているように思う。続きを手に取って読む。

「私が思う沖縄の祈りは、平和な毎日をこれからもずっと続けて欲しいということです」「きれいな海を汚さないでネ」「戦争が二度と起こらない世界をつくろう!」「ゴミのない沖縄を」「基地があるせいで、きれいな海が埋め立てられたり、戦闘機やオスプレイが騒音を上げて飛んだりして迷惑しています。だから基地がなくなって欲しいです」「基地を観光資源にしたら。例えば銃を発射し戦車に乗れる基地観光ツアーを企画する」「観光客のためにと言って自然の森を潰さないで欲しい」「戦争が起こらないで欲しい。基地造りのために海が埋め立てられているのが悲しい」「せっかくきれいな海なのに、無くさないで欲しい」「テレビニュースとかで台風の情報が流れるとき、本州に台風の影響がないと分かるとニュースで取り上げることを止めるけれど、沖縄はマジ、まだ台風の影響を受けているから途中で台風情報を止めないで欲しい」「沖縄はいつも(悪い意味で)特別扱いされているような気がする。マジでそう思う」「沖縄は独立した方がいい」「沖縄には沖縄戦という悲しい過去があります。私のおじいちゃんとおばあちゃんがまだ小学生のころだったそうです。いつもどおり平凡に暮らし、質素な暮らしをしていたそうです。そんな中、戦争が始まり私のおじいちゃんは、お父さんとお母さんを亡くしたそうです。周りを見ると戦争の被害に遭って撃たれて死んだ人々の死骸がたくさんあったそうです。今では考えられません。もう二度と同じ過ち（戦争）を起こさないように、日本政府の皆様に、日本、沖縄を守って欲しいと思います。私は心からこのことを願います」「沖縄で生まれて十九年が経ちました。これまで生きてきて最も印象に残っていることは沖縄戦の話です。沖縄戦は一般人をも巻き込み、地上戦になってたくさんの死者を出しました。私のおじい、おばあも沖縄戦の体験者です。おじい、おばあの話を聞いてとても辛かったです。戦争が終わって何十年も経ったというのに今でも心が痛みます」「沖縄戦は何百年、何千年経っても忘れちゃ駄目！　この記憶を受け継いでいくことが沖縄の祈りです」「戦争では人間は守れない。戦争は人間の殺し合いだからだ」「戦争を二度と起こしてはならない。こんなに海もキレイで、美味しいものがたくさん食べられて、空気もキレイで素敵な沖縄が何年経っても続いて欲しい。それを強く望みます。また祈ります」

　ジジュンは再びため息をつきアンケートの読みかけの部分に付箋紙を貼って立ち上がった。

　ジジュンの借りたアパートは宜野湾（ぎのわん）市真栄原（まえはら）の十字路近くにある。ちょうどA大学とB大学を結ぶ正三角形を作る点の一つに位置している。どちらの大学からも同じような距離でそう遠くはない。

窓辺に寄って眼下の道路を見る。道路にはヘッドライトを点けた自動車が往来している。視線を上げて遠くを見ると空は暗い。じっと目を細めて見ると小さな星たちが輝いているのが分かる。この空は、どこまでも続いているのだ。輝いている小さな星を韓国でも婚約者の趙正美(チョー・ジョンミ)も眺めているのだろうか。そんな思いに囚われて一瞬感傷的な気分になる。

ジョンミは、ジジュンの研究生活がスタートする四月に一緒にやって来て引っ越しを手伝ってくれた。このアパートで一週間、共に過ごしたのだ……。

ジジュンの脳裏にジョンミの面影が浮かび上がってきた。学生のアンケートの回答は、ジジュンを憂鬱にさせただけでなく感傷的な気分をも引き寄せたようだ。本棚の横で、せっかちに抱き合ったジョンミとの日々。ジョンミの吐息、ジョンミの笑顔、ジョンミの手料理……。

ジジュンはジョンミの気配を感じて思わず振り返った。もちろん、ジョンミの姿はどこにもなかった。

2

県民大会後の喫茶店「菩提樹」で、感情的になり激しく論争を交わしたのはボーミックと宇久田の対立がきっかけだった。もちろん、二人だけが対立した訳ではない。その席に同席した全員が意見を言った。だれもが話題に上がったテーマに対して真摯であったと言っていい。辺野古新基地建設をだれもが他人事にせずに切実な課題として捉えたのだ。

県民大会に参加したのも、普天間基地撤去という全員共通の思いがあったからだ。さらに撤去のためには移転先を県内の辺野古基地へと決めつけ、機能を拡大強化した新基地建設をせねばならないという日本政府の目論見に対して、だれもが傍観者ではいられなかったからだ。これらのことは、少なくとも県民大会へ参加する県民の共通する姿勢でもあったはずだ。

しかし、この姿勢を同席した全員が共有していると思ったのが誤解の元だった。話してみると微妙に考え方や立場が違っていた。だから、ついだれもが激しい口調になったのだ。

しかし、論争はジジュンにとって大いに有意義だった。このことがその後の学生に対するアンケートの実施にも繫がったのだ。

県民大会の主催者はオール沖縄の実行委員会で、大会のスローガンは「辺野古新基地建設反対！」が掲げられていた。そのような意味ではまさに政治的な集会であった。

集会への参加については、塚本教授が紹介し、ジジュンと上原が参加を決めた。塚本教授は大学教員であるが同時に市民活動家でもある。ジジュンも上原も、このことはよく知っていた。この三名に、B大学の院生であるボーミックと斉藤洋子が加わったのだ。

宇久田隆一は会場で出会った。塚本ゼミの卒業生で、ジジュンたちとは初対面である。塚本教授は次のように紹介した。

「宇久田君は教員をしていたが、義兄の湧川豊充（わくがわとよみつ）氏がC市の市長選挙に立候補して当選した。選挙戦終了後、義兄に乞われて教職を辞し第一秘書になった。湧川氏は保守系市長であるが行政手腕にも優れており市民からの信望も厚く二期目の当選を果たした。たぶん彼を支えている宇久田君の存在も大きいのだろう。湧川氏は翁長知事の後継者を選ぶ県知事選への立候補も噂されている。宇久田君は湧川氏を支える重要な人物の一人と言っていいだろう」と。

宇久田隆一は恩師の紹介に明るい笑顔を浮かべて会釈をし、みんなに名刺を配った。帰りの方向が一緒だということで、一緒に喫茶店まで入ったのだ。

ただし、だれもがなぜ保守系陣営の宇久田隆一がオール沖縄と呼ばれる革新陣営の主催する県民大会へ参加したのか不思議に思っていた。でもその理由をだれも尋ねなかった。尋ねれば不穏な空気が流れることを、だれもが予測していたからだ。また、県民大会であるがゆえにだれもが参加できるはずだ。

最初に見解が分かれたのは政治の話でなく、沖縄県の生んだ最初の芥川賞作家大城立裕（おおしろたつひろ）さんの新作『あなた』を巡る評価だった。その作品集に収載された「辺野古遠望」について、ジジュンが口火を切った。

「大城立裕さんは、前の作品集『レールの向こうに』から、私小説的手法で作品を書いている。本作品集も6編の私小説作品が収載されている。その中でも冒頭に収載された『あなた』は、亡き妻をあなたと呼び、あなたとの歳月を蘇らせ、抑制された筆致で書かれた作品だが、あなたへの愛情が滲み出ている」

ジジュンの言葉に上原が反応し意見を述べた。

「作品全体に流れる通底音は、あなたとの歳月を愛おしんでいる老作家の孤独と作家としての矜持だろうな」

「私も読んだけれど作品の冒頭に書かれている『久留米の雪はよかったねえ』というあなたの言葉がリフレインされていて、とても効果的だと思ったわ」

斉藤洋子がジジュンと上原の意見に口を挟んだ。

ボーミックが違う視点から反論する。

「私も読んだが、主人公の奥さんは献身的すぎるわ。もっと自由であってもいいはずよ。私はそれが不満だわ」

「私小説だと言っているけれど嘘もあるんじゃないか。私小説であっても小説には違いないからね。小説はフィクションだからね」

宇久田隆一も議論に加わった。宇久田は五十歳前後の年齢だろうか。恩師との久し振りの再会に院生のころを思い出したのだろう。笑みを浮かべて議論に参加した。

上原が継いで次のように意見を述べた。

「ぼくも斉藤さんの意見に賛成だな。作品の随所に、久留米の雪はよかったねえ、というあなたの言葉が配されていてなんとも趣深く仕上がっている。ああ、私小説とはこういうふうに書くのかと教えられるようだ。他の5作品も身辺の記憶を蘇らせたものだ。抑制された素直な筆致はどの作品にもあてはまるものだが、ぼくは作品に記載された出来事は、ほぼ事実ではないかと思う」

「ぼくもそう思う」

ジジュンが、上原の意見を受けてさらに続ける。

「作者の心情が飾らずに発揮される文章は読みやすく心地よい。その一つに『辺野古遠望』がある。この作品では沖縄に対する日本政府の対応を批判した一文がある。この心情は大城立裕さんのホンネだと思う」

「日本政府に対する批判？　どこにそう書いていたのかな？」

宇久田が身を乗り出すようにして尋ねる。

ジジュンが言葉を選ぶようにして答える。

「辺野古を巡る日本政府の対応については、たしか後半部で述べられていたと思います。はっきりとは思い出せないけれど、およそ次のように書いていました。『彼らは沖縄を処分して構わない異民族としか見ていない。彼らの動機の基本は日米安保条約における沖縄の県益に対する遠慮であって、その傘の下で自らの安全を享受している。これこそ、恥も外聞もかなぐり捨てて、アメリカに遠慮しているということだ。琉球処分は植民地獲得のためであったが、今度は植民地の何だと言えばいいのだろう』と。彼らとは、もちろん日本政府のことです」

上原がジジュンの言葉を受けて続ける。上原は『あなた』を持参していた。濡れた鞄から『あなた』を取り出し頁を捲る。

「また次のようにも書いていますず。『(日本政府と) まったく同じ姿勢で、裁判所が判決をくだした。これでは司法の責任放棄である。他の府県に移設をどう打診したかの証明を裁判所が求めるべきではないか。翁長知事が唖然とした、と報じられているが、尤もである。どうせ沖縄は日本ではない、とヤマトの国民の多くが考えているとみられる体験が私にある』と」

「そうでした。私も記憶に残っています。大城立裕さんは頁を改めて、たぶん次のようにも書いているはずです」

ボーミックが新たな話題を提供する。

「『私が年来考えてきたのが、生きているうちに沖縄の問題は片付くだろうか、ということである。思いついたときにはいくらか期待感もあったが、このごろではほとんど絶望している。

悔しいと言えば悔しいが、どうせ人類は誕生以来、ひとりとして生涯のうちに目的を達成した人はいまいと思えば、これも人並みのことかと思う』とね」

斉藤洋子も加わった。

「『祖国復帰に燃えていたころは、まだ希望らしきものがあったなと書きながら、いや、あのころでもあまり歴史に信頼できないという感じは持っていたなと思う』とも書いていたよ」

「大城立裕さんの他の作品には、このような心情を正直に吐露した作品は少ないよね」

ジジュンの言葉に宇久田が反論する。

「正直かどうかを判断するのはまだ早いよ。お前も研究者だろう。私小説でも小説だろうが。正直な心情ってどうして分かるの?」

「しかし……」

「大城立裕も齢九十三歳、年を取って耄碌したんじゃないか。ジジュン君、小説の言葉をホンネと取らない方がいいねえ。主人公と作者は違うだろう?」

「そりゃあ、そうですが……」

「大城立裕は、『カクテル・パーティー』で、我々沖縄県民は被害者ではなく加害者の視点も忘れてはいけないと言っていたじゃないか。それがまともな意見だ。大城立裕も上海では加害者と名指される犯罪的な行為をいっぱいしたのじゃないかな。『カクテル・パーティー』には真実がたくさん隠蔽されていると思うよ。『辺野古遠望』も、まともに受けない方がいい」

宇久田の意見が手厳しくなる。塚本ゼミでの宇久田の研究テーマは何だったのか。ジジュンはちょっと知りたくなった。

「そうだとも言い切れないわよ。それこそ『カクテル・パーティー』も小説だよ。小説作品は、作者の意図に忠実でなくてもいいわ。真実か真実でないかを判断するのは読者の自由ね。作品を嘘だと判断するのは言い過ぎだ思うよ」

ボーミックが、宇久田の意見に笑みを浮かべながら反論する。

宇久田がボーミックを睨むようにして問いかける。

「お前、何人？」

「アメリカ人」

「本当？」

「インド系アメリカ人よ」

「ボーミックは沖縄で生まれ、十三歳まで沖縄で育ったんだ」

上原がボーミックに代わって弁明する。その言葉を振り払うように、宇久田が語気を荒げた。

「お前たちアメリカ人が沖縄を壊したんだよ」

「私たちが沖縄を壊した？」

「そうさ。沖縄の文化や習慣、さらに社会を壊した」

「私たちは文化や社会を壊してない。尊敬しているよ」

「ボーミックは沖縄の組踊や演劇を研究するために沖縄にやって来たんだよ。沖縄の芝居にもとても興味があるんだって。特に組踊には造詣が深いのよ」

斉藤洋子が、同室のゼミ生ボーミックを擁護するように口を挟む。

宇久田が首を振って発言を遮るように言う。

「それも、沖縄の文化を壊すことの一つになるんじゃないか」

「何で？　私、壊すためじゃない。私、沖縄の文化大好き。だから組踊の素晴らしさをみんなに伝えたい。そのために勉強している」

ひょんな事から、意見が激しく対立し始めた。

宇久田の口調が若いボーミックや斉藤洋子、そしてジジュンや上原にも向けられて荒々しくなる。

「革新系は壊してばかりいる。沖縄の良さも壊している。チムグクルもユイマールも壊している。沖縄の社会に亀裂と分断を生んでいるのは革新系に属する人々だ」

「それはあなたたちでしょう。あなたたちが沖縄を壊し日本政府に擦り寄っている。あなたたち保守系の政治家たちは欺瞞だらけだわ」

ボーミックが反論する。

「あなたたちが県民の意志を無視して、無理矢理辺野古に新基地を造ろうとしているのでしょう」

「違う!。俺たちの意志こそが無視されているんだよ。オール沖縄と名乗る県民にな。第一そのような括り方は乱暴だよ。真実を隠蔽する」

「あなた……、あなたは辺野古新基地建設に賛成なんでしょう。賛成のあなたが、どうして今日の集会に参加したの?」

「普天間基地の撤去に賛成だ」

宇久田の曖昧な返事にボーミックが反論する。

「答えをはぐらかさないでね。あなたたちはいつもそうして答えを誤魔化している」

「いつもとはどういうことだ、いつもとは……。訂正しろ!」

「訂正しないわ。沖縄の歴史を見れば、日本の保守政治の欺瞞さが見えてくるはずよ。皆さんは傲慢だよ」

「なんだと……」

「ボー、もう止めろ、いいだろう」

上原がボーミックの反論を停止する。

「お前は、ボーミックというのか。ウチナーのことを分かったふうな口を利くな。お前たちに見えている以上に沖縄は複雑なんだよ。多様な意見があるんだ。勝手に決めつけるな！」

「そうかもしれないね。でも私は私の意見を言っているに過ぎないわ」

「ボーミック、分かったから、もう止めろ。お前の言っていることにも一理はある」

「そうだ。でも宇久田さんの意見もしっかりと聞かなければならないよ」

ジジュンが上原の言葉を控えめな声で受け継いでボーミックを宥める。ジジュンは、対立の火種になった「辺野古遠望」の言葉を、自分が持ち出した責任を取ろうとしているようにも思われる。

「沖縄の歴史については、たぶんぼくもボーミックも同じ意見だ。あるいは宇久田さんも同じかもしれない。沖縄の歴史は侵略され続けた側の歴史だ。一六〇九年の薩摩の侵攻から、一八七九年明治政府によって琉球王国が武力で威嚇されて滅ぼされた琉球処分、以来沖縄は大きな犠牲を払い続けている。先の大戦では県民の四人に一人の犠牲者が出た。戦後は日本人としての国籍を奪われ、日本の平和憲法の恩恵を受けることもなかった。二十七年間の米国政府統治下の植民地時代が続いた。そしてやっと日本復帰を勝ち取ったのに、今なお日米安保条約を遂行する防波堤の役割を担わされている。軍事基地の島として沖縄が造られていく現状がある……」

ジジュンが息を継ぎながら話し続ける。

「沖縄県民は日本国民ではないと理解した方が、沖縄の近代現代の歴史は辻褄が合うような気がする。外から見ていると沖縄の歴史は悲しい」

「だから、そんなふうにばかり考えてはいけないと言っているんだよ」

宇久田がジジュンの言葉を遮って首を横に振る。

「沖縄は多様な歴史や文化を融合してきた島だ。遠来の客人であるマレビトをも受け入れてきた。ジジュン君、韓国人であるお前も沖縄社会は受け入れる。むしろ歓迎するよ。そして、そういう融合の中から新しい文化や政治をつくってきた。人の生き方もそうだ。国との関係もだ。このことが問われているのだ。辺野古の問題もそうだ。日本国家を敵対視しては何も始まらない」

「それは、ぼくも同じだ。ぼくもそう言いたい。でもぼくの意見は日本国家を敵対視している訳ではない。辺野古の問題は長い歴史の尺度で考えるべきだと言っているのだ」

ジジュンが宇久田の言葉を遮るように反論する。宇久田はそのジジュンの言葉に再び首を振りながら反論する。

「違うんだ。今日の県民大会だって、俺のような保守派も参加している。参加者の思いは一枚岩ではないはずだ。当然、賛成派も反対派も一枚岩ではない。それをオール沖縄といって一括りにするから駄目なんだ。沖縄のアイデンティティも個人のアイデンティティも分裂している。分裂させられている。それこそ多様な沖縄だ。それを認めるべきなんだ。それを考えるべきなんだ。政治の力でそれを排除してはいけない。このことを確かめたかったんだ。沖縄の政治はその間で揺れ動く。沖縄の政治家はその間で苦労が絶えない。翁長前知事は苦労をしたはずだ。県民の側に寄り添ったばっかりにね」

「日本政府に殺されたという人もいるよ」

ボーミックがそう言って宇久田を見つめる。

「翁長前知事は自分からその道を選んだんだよ。自業自得だ」

「自業自得だって!……。宇久田さん、あなたは……」

「何だ?」

「あなたが今日の大会に参加したのは参加者への冒瀆だわ。私たちと一緒に喫茶店に入ったのは何のためなの? ね、あなたは私たちのホンネを探るために喫茶店までついて来たの? ね、そうなのね。あなたはスパイなの?」

「スパイだと! やなアメリカーひゃ、もう我慢できん」

「止めろ! 止めてください」

立ちあがった宇久田を、上原も立ち上がって静止する。

続いてボーミックを見て声を掛ける
「ボーミック、もう止めろ。もういいだろう」

ボーミックの返事よりも先に、塚本教授が腕を組んだままでみんなの顔を見渡して強い口調で告げる。

「はい、今日はここまでだ」

みんなの視線が塚本教授に集まる。

「宇久田君は私が誘ったんだ。宇久田君も久し振りで私の誘いに乗ってくれたんだよ。他意はない。今日はここまでだ。ノーサイド。またその続きはいつかの機会にやろう。ホンネで話し合うことはいいことだ。違った意見を戦わせることは正常だということだ。それができる間は沖縄には希望がある。平和を語ることは勝ち負けではないさ。さあ、みんな座ったらどうだ。コーヒーが冷めてしまうぞ。それとも、もう冷めたかな」

塚本教授の顔に温和な笑みが浮かんだ。しかし、どこか険しい表情を宿して苦笑しているようにも思われる。

宇久田隆一は、そのまま立ったままで会釈をして去って行った。

他のみんなは熱い余韻を引き摺ったままで座り込んでしまった。しばらくは、だれもが話を切り出せない。

喫茶店内にはスメタナの「モルダゥ」の曲が流れている。そのことに上原が気づいて小さな声で指摘した。しかし、だれもがうなずくだけで声を飲んだ。

3

「詩で表現される沖縄の現実もあるんだよ。言わば時代の証言者としての詩だ」

上原がそう告げたとき、ジジュンは驚いた。あまりにも唐突であったからだ。

総合文化学部に所属する大学院生には共同の研究室が与えられている。四六時中、指導教員の研究室にいる訳にもいかないからだ。

もちろん授業もあるし、図書館に閉じこもって文献を検索することもある。しかし、ジジュンは院生室と呼ばれるこの共同研究室が気に入っている。それぞれの机の上には、学部からパソコンが提供されている。自分のパソコンを持ち込む院生もいるが、ジジュンはこの一台のパソコンで十分だ。アパートにもデスク型のパソコンを設置しているが、持ち込んだノート型のパソコンはほとんど使うことがない。

学部の院生は全部で十三名。それぞれの専門分野の各教員の研究室に所属していてゼミ生と呼ばれている。しかし、一日で最も長くいる時間は、みんなが院生室と呼んでいるこの共同研究室だ。

殺風景ではあるが、与えられた個々の机のほかにも、二回りほど大きめの長方形のテーブルがある。ここで昼食を取ったり、コーヒーを飲んだりする。でも、昼食時間以外はほとんど使われない。小声で話しても静寂の中で言葉は周りまで届くのだ。

休憩を取ってゆっくりと話すときは、廊下に出て内階段の三階踊り場にある十畳余の広いフロアで話す。そこには腰掛けとテーブルが置かれている。そこでコーヒータイムを持てる。学習中の仲間たちに気を使ってのことだ。

ジジュンと上原も室内で湧かしたコーヒーを持ってよくそのフロアを利用する。院生はその空間をティーラウンジと呼んでいる。今回は、そのティーラウンジではなく、小声とはいえ、院生室でいきなり話しかけられたので驚いたのだ。

「ジジュン……、お前が沖縄文学を植民地文学と言ったときは驚いたが、実際植民地文学かもしれない。少なくとも沖縄の文学者たちは、それぞれの困難な時代にそれぞれが倫理的な姿勢で時代の状況と対峙して作品を書いてきた。それを一歩強調して抗(あらが)う文学だと言っていいかもしれない。政治と文学は沖縄の戦後文学の歴史の中で一貫して途絶えることのない切実なテーマだ」

ジジュンは横に座っている上原と目を合わせたが、思わず首を伸ばして辺りを見回す。周りには院生たちの姿がない。午後二時。この時間の講座に出かけたか、もしくは遅い昼食に出かけてまだ戻らないのだろう。それを見越しての上原の発言だと思われる。

ジジュンは安心して上原の言葉に耳を傾ける。

「抗う文学には、抗うだけの困難な状況が沖縄の戦後はずーっと続いてきたということだ。米国政府統治下の時代は、それこそ植民地も同然だった。沖縄県民は、いや県民という呼称も正確ではない。戦後は日本国から切り離されて沖縄県はなくなってしまっていたからなあ。終戦後の二十七年間、沖縄は米国に統治され国籍もなく県でもなかった。いわば亡国の民となったのだ。日本で制定された平和憲法の恩恵を受けることもなく、また高度経済成長の恩恵に浴することもなく、沖縄県民は日本人ではなくなっていたんだ。それが敗戦にも関わらず日本が独立を勝ち得た代償だった。沖縄は生け贄だよ。日本国の領土である沖縄を日本国は割譲したんだ。沖縄は国策によりアメリカに引き渡されたんだよ。沖縄県ではなく琉球としてな」

「……」

「沖縄県以外の日本国民は、このことにはあまり関心を持たなかったのではないかな。敗戦の痛手から立ち直るために、みんな我がことに必死で沖縄のことなど眼中になかったのではないかな。お前に植民地文学と言われて目が覚めた思いだ。沖縄文学は、もう一つの日本文学だと思っていたが、いっそのこと全く別な文学だと言ったほうがいいかもしれないな」

上原は、やや興奮気味にジジュンに話しかける。

「倫理的な文学の謎が解けた思いだよ……。ジジュン、コーヒータイムにしようか？」

「ええ、そうしましょう。ぼくも少し疲れていました」

ジジュンは両手を高く上げて背伸びをした。それからパソコンの画面をＯＦＦにする。

上原は大きなテーブルの横に設置されたコーヒーメーカーに水を入れ、スイッチをＯＮにする。すぐに小気味よい音を立てて琥珀色のコーヒーが透明な下部のガラスコップに溜まっていく。

ジジュンも上原の傍らに行き、自前のコーヒカップをを持つ。

ジジュンが上原に言う。

「ぼくが、沖縄文学は植民地文学だと言ったのは深く考えた結果ではありません。復帰前の作品を多く読んできたから、そんな印象を持ったのかも知れません」

「いや、お前の印象は正しいと思う。復帰前も復帰後も沖縄文学の特徴は変わらない。復帰後は再び日本の一県になった。植民地ではなくなったが依然として米軍の基地はなくならない。むしろ本土にある米軍基地は整理縮小されたが沖縄の基地はほとんど変らず、自衛隊も配備された。沖縄はますます基地の島にされてしまった。復帰前と復帰後の沖縄文学の特質も変わらない。依然として植民地文学だ」

「そう、ですか……」

ジジュンと上原は、コーヒーメーカーから自前のカップにコーヒーを注いで廊下へ出た。同じ階にあるティーラウンジに向かう。休憩スペースのテーブルの前にある腰掛けを引いて座る。上原がコーヒーを一口啜(すす)って再び話し続けた。

「沖縄では、文学をする意味が常に問われ続けてきた。言葉の力が常に試されてきたんだ。政治的にはいつも厳しい状況が続いている。復帰後も米軍は居座り続け、基地被害は今日までも続いている。重要なことだが、基地被害には婦女子への強姦事件や県民への殺人事件も含まれる。日米両政府の沖縄の地における軍事優先政策を推進し犠牲を強いる姿勢は、復帰前も復帰後も何も変わらない。沖縄では憲法よりも日米安保条約が上位にあるというのは翁長前知事の言葉だ。そんな中で文学は何ができるか。何も変えることのできない文学の力に絶望して、書くことをやめた表現者たちも、きっといたはずだ」

「そうですね……」

「青信号で横断歩道を渡っても、信号を無視した米軍車両に突っ込まれて轢き殺される。裁判をしても無罪だ。夕日が眩しすぎて信号が見えなかったと証言すれば許される」

「……」

「空からはヘリコプターが落ちてくる。戦後七十三年だよ。沖縄の空はアメリカの戦闘機が我が物顔に飛び回っている。まさに植民地だよ」

「ええ……。文学の世界ではそのように名付けてもいいと思いますが、政治的にはそう呼んでいいか迷います。ぼくにはよく分かりません。しかし、文学は為政者への抵抗と欺瞞の民主主義に対する告発が大きなテーマです。韓国文学もそうです。それはまさに東アジア植民地文学のテーマです」

「うん、そうだよな……」

「上原さんはそのような文学を抗う文学だと名付けましたが、しかしぼくには……」

「どうした？　そう呼べないのか？」

「いや、そう呼んでもいいと思いますが、沖縄文学の振幅はもっと広いような気がするのです。独特の物語や神話の世界があります。時代に負けないユーモアと諧謔（かいぎゃく）があります。そして作品の舞台は広い。ハワイや、東南アジア、南米などを舞台にした作品もあります」

「うん、そうだな、最近では池上永一（いけがみえいいち）などエンターテインメント性を重視した作品も台頭しているからな。そうか、必ずしも抗う文学ではないか」

「そうなんです。ぼくは沖縄の文学を自分で植民地文学と名付けましたが、今はいささか迷っているのです。植民地文学の定義をどのようにするか……。世界文学史的な広い視野がまだ獲得できていないからでしょうか、迷っています。困難な課題です」

「そうか……、なるほどな。お前がそう言うのは正しいかもしれない」

「だから、ぼくはこの前、喫茶店で激論になった際に宇久田さんが言った言葉が忘れられないのです」

「うん、なんと言ってたんだろう」

「お前らは沖縄の歴史を知らない。第一、沖縄戦の実際を知らないって。そんなことも言われました」

「うん……」

「文献で調べる沖縄戦はほんの一部で表層的なものだ。記録に残せる沖縄戦もあるが。記録に残せない沖縄戦もある。むしろ記録に残せない沖縄戦こそ注目すべきなんだと。国家のつくる歴史は、不都合な部分は削除する。沖縄を分かったつもりになるな！　そう言われました」

「うん、そうだったな。そして……、この前、ゼミ室でも塚本教授に言われたな」

「そうなんです。宇久田君の言ったことは一考に値する。文学も戦争も自明なことにするな。ジジュンも上原も文献のみで文学の力や沖縄戦を体験するのではなくて、時間があれば遠慮なく外に出てみろ。自らの目で耳で、そして自らの足で、沖縄戦の実体や文学の言葉を探してみろと。そんなふうに言われました」

「そうだったな。沖縄の人々の、沖縄の祈りを探してみてはどうかと……」

「そう、そうなんです。塚本教授は、またこうも言いました。阿波根昌鴻、瀬長亀次郎、屋良朝苗、大田昌秀、翁長雄志……。先人たちの抵抗の系譜はいくらでも探すことができる。文学者の抗う文学を相対化するのなら、文学者の言葉と同じように生活者の言葉を掬い上げて、その生きかたを理解することも有効な方法の一つになるはずだと」

「そうだった。塚本教授の助言のおかげで、ぼくは隠蔽されそうになっていた生活者の言葉を掬い上げた見事な詩に出会うことができたよ」

「えっ、どんな詩ですか？」

「うん、いい機会だから紹介しよう。院生室の本棚に置いてある。ちょっと待っていろ。すぐに取って来るよ」

　上原はコーヒーカップを置き、腰掛けを引いて立ち上がった。そしてジジュンに背を向けると院生室に駆けだした。ジジュンは思わず笑みをこぼした。

　ジジュンがコーヒーを一口啜っただけの時間で、上原は戻って来た。肩で息をしている。呼吸を整えると二冊の詩集をジジュンの目の前のテーブルに置いた。

「ぼくの研究は沖縄の戦後詩なんだが、やがて見過ごすところだったよ。この二つの詩集は凄いよ。与那覇幹夫と八重洋一郎の詩集だ。沖縄の戦後詩の歴史の中でも大きな収穫となる詩集だと思う」

ジジュンが二つの詩集を手に取る。そして、詩集のタイトルを声に出して読む。

「『ワイドー沖縄』与那覇幹夫さん。そしてもう一つは八重洋一郎さんの詩集『日毒』ですね」

「そうだ。私が先ほど、沖縄文学は復帰前も復帰後も植民地文学だと言った理由はこの詩集にあるんだ。抗う文学という言葉は、あるいは他府県では今日、死語になっているかもしれない。しかし、ここ沖縄では、この二冊の詩集を読めば、いまだにこの言葉が生きていることが理解できるはずだ」

ジジュンは、ぱらぱらと二つの詩集を捲り目を留めて黙読する。

上原はそんなジジュンの所作に一切構うことなく自分の思いを話し始めた。

「与那覇幹夫さんは宮古島の出身で、ワイドーとは宮古島の方言だ。頑張れとか、しのげ、とかの意味がある。あるいはもっと広い意味があるかもしれない。この詩集に『叫び』という詩が収載されている。戦後、宮古島で実際に起こった事件を題材にした作品だというが衝撃的な作品だ」

上原は、一度ジジュンから目を逸らしたがまた話し続ける。

「ある日、村はずれの農家に十一人の米兵が土足で上がり込み、夫を羽交い締めにして、その目の前で愛する妻、加那(かな)を陵辱する。夫は十一人目の米兵が加那の上にのしかかったとき、ワイドー加那、あと一人、と叫んだというのだ。与那覇さんは、この言葉に万感の思いを込めて詩を作り上げている。悲しみ、怒り、夫婦愛、命、沖縄という土地の特異性、植民地的状況下で犯され続けた、たくさんの加那たち……。ワイドー沖縄、頑張れ沖縄、それが詩集のタイトルだ。この詩のなかの夫の思いが与那覇さんの思いになって詩集のタイトルにも繋がっている」

ジジュンがその箇所「叫び」の頁を探り当てて黙読する。その間、上原は黙っている。やがて、ジジュンが震えるような言葉を発した。

「いやあこれは……凄いですね、凄すぎる。悲しすぎる」

一瞬にして、ジジュンの目頭が赤く潤んできた。

「これが沖縄の現実だ。ワイドー沖縄、これが沖縄の祈りの言葉の一つだろう。これらの言葉を探すのが沖縄の表現者たちの仕事だ」

上原はそう言い切っている自分の言葉に驚いた。考えることなく飛び出した言葉だが、沖縄の祈り、ワイドー沖縄、そうかもしれないと思った。

ジジュンが感想を漏らす。

「ぼくは沖縄文学はもっと多様で振幅は広い。上原さんと違って、ぼくは植民地文学と呼ぶことをやめようかと思ったのですが……、この詩集の出版は二〇一二年ですか……。ぼくの結論は暫く保留にしておきます」

「うん、ぼくも考え続けよう。多様であるが、この詩のような世界を有していることが沖縄文学の特質だ。他府県にはない世界だと思う。半世紀余もの歳月を費やして、やっと書くことのできた詩だと、与那覇さんも述べている」

上原は、さらに言い継ぐ。

「詩人が発見した二つめの言葉は、『日毒』だ。この詩集の出版は二〇一七年だ。日毒とは日常が毒されるという意味ではない。日本国に毒される琉球・沖縄の意で使用されている。八重洋一郎さんの高祖父は琉球王国の役人として石垣島に派遣される。その高祖父が、明治期の琉球処分の時代に、日毒という言葉を使ったことを、八重さんは古い手文庫の手記から発見する。この言葉を使って清国に救済を願い、琉球王国の国王に忠誠を誓ったんだ。しかし、高祖父はこのために捕縛され、見せしめのために拷問を受ける。八重さんは、この言葉を、父祖の歴史を辿りながら現代に蘇らせる。現代の沖縄は、なおも日毒に苦しめられている現実があるのだと……」

ジジュンは、赤い表紙の詩集『日毒』を手に取るが、頁が開けない。赤い色が鮮烈な血や沖縄の歴史をイメージさせる。息苦しくなる。開けないままで必死に言葉を発する。

「辺野古も日毒の一つかも知れない、そう言いたいんですね」

「そうだ。日毒は至る所にある。例えば……」

その時、エレベーターのドアが開いた。ここは三階の踊り場だ。階段もあるが、五階だての建物でエレベーターも備え付けられている。ドアが開くと院生室仲間の比嘉友也（ひがともや）、国吉貴子（くによしたかこ）、多和田真孝（たわだしんこう）が一緒に出てきた。給食時間に少し遠出をしてホテルのバイキング料理を食べてきたという。

比嘉友也は琉球史を研究している。特に明治期の琉球処分に関心があるようだ。明治政府から使わされた琉球処分官松田道之の苦悩にスポットを当てた研究をしている。ユニークな視点で琉球史が専門の真久田（まくだ）ゼミに所属している。国吉貴子は沖縄の方言研究で、地域の方言を採取して比較研究をしている。言語学が専門の仲本ゼミだ。同じ仲本ゼミに多和田真孝がいる。多和田は院生室でも最年長者だ。沖縄芝居の役者で組踊の舞台などにも立っている。県立芸術大学の卒業生だが『おもろさうし』の研究で院に来た。三人とも同じ総合文化学部の院生仲間だ。

手を挙げて近づいて来る三人の笑顔を見ながら、また目の前の上原の言葉に耳を傾けながら、ジジュンは異国の地で学ぶ知的な時間と空間にいることの幸せを感じる。恋人の趙正美にこのことを話したい。趙正美とは数年前の留学先九州大学の院生室で出会ったのだ。

比嘉も、国吉も、多和田も、そしてゼミ室仲間の上原も、いつも刺激的な話をしてくれる。そんなことを考えながら、ある決意がジジュンの脳裏に浮かんできた。文献からのみの学問でなく、目や耳や、手や足を使って自ら確かめることが必要なんだ。戦争の実態や、戦後を生きる沖縄の人々の悲しみや苦しみを理解せねばならない。この二つの詩集に表れた沖縄の祈りを知らねばならない。それは沖縄文学を理解することに繫がるはずだ。

「上原さん、始めましょうか」

「えっ？　何を？」

「聞き取りです。人々の生活の言葉を拾いましょう。戦争体験者の言葉を聞きましょう」

「うん、そうだな」

上原がジジュンの言葉に相槌を打つ。

「戦争体験者の方と直（じか）に接してインタビューを試みる。そして若い世代からはアンケートを取って分析し考察する。このことも沖縄を理解し、沖縄文学を理解するのに役立つと思います」

「そうだな。すべてのことを自明にするな！　学問はそこから始まる。塚本教授にはそう言われたんだよな。よし、やってみるか」

「はい、やってみましょう」

「よし、ぼくが、まず訪問先の人物リストをつくる。それを検討しよう。ヤンバルから那覇南部まで、可能な限り聞き取りをしよう。対象は、戦争体験者、研究者、そして著名人などと、少し広げようか……」

「ええ、そうですね。そうしましょう。きっとぼくたちの研究に役立つと思います」

「少なくとも、文学を多角的に考える視点になる」

「そうです。やりましょう」

「沖縄の祈り、それを問うのだな」

「ええ、そうです。沖縄の祈りを集めるんです」

「うん、外出すると一日がかりの調査になるだろうが、ぼくが車を出すよ。それでいいかな？」

ジジュンがうなずく。

「何々？　何だか面白そうだわね、外に出るの？」

近寄って来て、二人の話を興味深げに聞いていた国吉貴子が二人の顔を交互に見ながら笑顔で甘えるような声を出す。

「私も行こうかな」

「駄目！　遊びじゃないんだから」

上原の声とジジュンの声が重なる。

「何もそんなに怖い顔をしなくても……」

国吉貴子のすねたような態度に全員の笑い声が上がる。

ジジュンも笑顔のままで三人に説明する。国吉貴子も、比嘉も多和田もうなずきながら聞いている。あるいは、みんなで取材に行くのも悪くはないかなという思いも浮かんでくる。

「沖縄の祈りか、悪くないな……」

年長者の多和田が大きく相槌を打つ。比嘉も感想を述べる。

「ぼくたちがやっている沖縄研究は、結局、沖縄の祈りを探しているのかもしれませんね」

「そうだよね」

国吉貴子も笑顔を浮かべて相槌を打つ。

それから、みんなであれやこれやと感想を述べ合う。最後には「よし、頑張ろう」と、みんなで小さなガッツポーズをして院生室へと移動した。

4

「沖縄文学も、また辺野古新基地建設の問題も、政治の言葉だけでなく生活の言葉で考えることはとても大切なことだ。重要な視点になる」

塚本教授は、ジジュンと上原が聞き取りを開始し、アンケートを実施したいと相談すると、このことを力説し、協力してくれると約束した。

「何度も言うが、物事を自明なことにしないことだ。ここから研究のアイディアも生まれてくる。聞き取りやアンケートはその端緒になる。文学を文学の言葉だけでなく、政治を政治の言葉だけでなく、もっと幅広い言葉で考えること。文学や政治よりも振幅の広い言葉は何か、人々の心に届く言葉は、あるいは生活の中にあるのかもしれない。紙の上にはないかもしれない」

塚本教授はそう言って笑みを浮かべた。

塚本研究室の窓は、当然ながら廊下と反対側の西向きに開いている。午後にはブラインドを下ろさないと西日が差し込んでくる。しかし、今日は上げたままになっている。やや曇り空で日射しが弱いからだろう。

塚本教授が窓を背にして腰掛けを反転させ、部屋の中央のテーブルに向かって座る。教授の右手にジジュンが座り、向かい合って左手に上原が座る。これが研究室での定位置だ。

柔らかい光を背にした塚本教授が、ジジュンと上原を交互に見ながら言う。

「物事をよく見るためには幾つかの視点が必要だ。一つは長い歴史の尺度で物事を考えること、つまり縦の時間軸だ。二つめは多角的に物事を考えること、つまり広い空間の水平軸で思考を巡らすことだ。そして三つめは時間や空間の凝縮した存在である目前の人間へ寄り添って考えることだ。この三つの視点を縒り合わせてそこから言葉を発することを考える。思考の拠点にする。このことが大切だ。正しいか正しくないかは歴史が決める。躊躇せずに考え続けることだ。そのためのデータは多すぎることはない」

塚本ゼミの院生は今年はジジュンと上原の二人だけである。総合文化学部琉球アジア文化学科に所属する七名の教員で入学してくる院生を分担して担当する。それぞれの教員の専門分野を考慮しながら院生を割り当てるのだが、塚本教授のゼミは割と人気がある。希望するゼミ生が途絶えることはない。

塚本教授は、講座のほかに週一回の夕方のディスカッションの時間を設定してくれている。塚本ゼミの特徴の一つだが、金曜日の四時から一時間ほど、自由な情報交換の時間としてコーヒータイムを研究室で持っている。正規の講座表には記載されていない時間だ。

この時間には教える側と教えられる側の垣根も取り払われる。塚本教授が院生目線で語ってくれるリラックスした時間だが、話題は広がり収拾のつかないこともある。ジジュンにも上原にも、それがまた楽しい。今日は真面目な話になったが、塚本教授はジジュンたちが交わす話題に、いつでも対応してくれる。

生活の言葉を大切にせよ、という今日のこのような発言が、塚本教授を市民活動家にしているのかなと、ジジュンは考えて一人でそっとうなずいた。

塚本教授は、奥さんの手作りだというクッキーをジジュンと上原に勧めながら笑みを浮かべて話す。時々、首を左横に少し傾けて右手で首筋を撫でる。それがはにかんだときの塚本教授の仕種だ。ジジュンも上原もその癖をすぐに見抜いていた。

「インタビューの相手は必要なら私が紹介してもいいぞ。困ったことがあったらいつでも相談してくれ」

「有り難うございます。とりあえずは二人で頑張ってみます」

上原が返事をする。

「うん、そうしたまえ」

塚本教授もうなずいて、またクッキーを勧める。

「ところで、君たち二人は驚いただろう」

「えっ？　何がですか？」

「いや、先日の県民大会からの帰りに、喫茶店で宇久田君と激論になったことだよ」

「はい……」

「彼の言い分にも一理ある」

「ええ……」

ジジュンと上原が再び姿勢を正し、塚本教授に向きあう。

「宇久田君は、戦争で祖父母を亡くしている。母親は幼くして孤児になり随分と苦労をしたらしい。宇久田君には二人の姉がいる。三人姉弟だが、父親も若くして病死したらしい。だから彼も苦労人なんだ」

「そうですか……」

「宇久田君は、沖縄の貧しさは、沖縄戦がもたらしたものだと考えている。土地を失い人材を失い、家族を失った。だから戦争には強い拒否反応を示しているんだ。しかし、普天間基地の撤去には賛成だが、辺野古新基地建設には反対しない。どこかでねじれている。そこが宇久田君らしいところだ。ボーミックにスパイだと言われて、かっときたのは、そのねじれに自分でも気づいているからだろう。論理的に整理できない苛立ちが彼にはあるんだろう。その急所を突かれた」

「そうですね……、突然怒りだしたようにも思えましたから」

「宇久田君だけでない。戦争に反対し平和を希求する沖縄の人たちは、日本政府の支配者たちによって否応なく自らの精神的支柱をねじれさせられている。そんな現実がある。己の内部だけでなく、家族や親族までもがねじれ現象に歪められている。関係がぎくしゃくさせられている。自分のアイデンティティが壊され作れなくなっている者もいる。そう思わないかね、君たちは」

「……」

「それを乗り越えるためにはどうしたらいいと思う?」

しばらく沈黙が研究室に漂う。塚本教授の手がコーヒーカップに伸びて一口啜る。ジジュンが答える。

「考え続けることです」

「そう、考え続けることだ。解決策をだれかに教えてもらうのを待つのではなく、自分で考えることだ。考えることによってこそ、この時代に対峙する責任を持つ自立の思想が生まれてくる」

「考え続けることに意義があると……」

上原の小さなつぶやきを塚本教授が補完する。

「そのとおりだ。考え続けることに意義がある。揺れ続けることでねじれた思想を転生させる。ここから沖縄のダイナミックな思想が生まれてくるはずだ。対立を拒否するためだといって、話し合うことも考え続けることも拒否すると、権力の思うつぼだ」

塚本教授が身を乗り出すようにして話し続ける。

「まず、沖縄の人々の戦争体験を考えることだな。文学の定義も自分で考えてみるといい。考え続けないと足元をすくわれる。自明なものにすると最後にツケが回ってくる。これが今日のユンタク会(おしゃべり会)の結論だな。ちょっと真面目になり過ぎたかな」

塚本教授が、右手を一層高く上げて右の首筋をかく。

「沖縄の戦後を理解するには沖縄戦から考えることも大切な視点だということだ。君たちの考える場所はどこにでもある。たまには外に出て美味しい空気でも吸ってくることだ」

「はい、有り難うございます」

「それ、先生のモットーですか？」

「そうだ。ものごとを自然の光を浴びながら多角的に考えるところに、学問の楽しさも見えてくる」

塚本教授は大きな笑みを浮かべてうなずいた。還暦を過ぎ、三年後には退職を迎えるというが、ジジュンも上原も、塚本教授の笑顔を若々しいと思った。

「誤解して欲しくないけれど、それが私が市民活動に関わる理由ではない」

「ええっ、そうですか」

ジジュンはそう考えていただけに驚いた。また自分の考えを気づかれたのかと思って咄嗟に声が出た。

「それでは、理由は？」

「さっき言ったよ」

「ええっ？　そうでしたか……」

ジジュンには思い当たらない。

「お前たちで考え続けることだ」

塚本教授はそう言って大声で笑った。ジジュンも上原も頭をかく。

奥さんの手作りのクッキーを、塚本教授は再び上原とジジュンに勧めた。なんだか宇久田さんのように、塚本教授にも市民活動に参加する大きな理由があるような気がするが、ジュンも上原ももう尋ねない。

院生室に戻ると、ジジュンも上原も塚本教授の示唆を真剣に考えた。ジジュンにとっても、上原にとっても戦後の沖縄文学を考えるのに、作品を生んだ背景としての沖縄の戦後を理解することは意義のあることのように思われた。戦後を考えるには、県民の多くが体験した戦争を抜きにしては考えられない。それは確かなことのように思われる。

ジジュンにも上原にも、戦争の実態を自らの聞き取りの体験で捉えることが大切なことだとの思いが、さらに大きく膨らんでくる。むしろ遅きに失した感がする。文献からのデータ収集や読解に当てていた時間を無駄にしないためにも、もう一つの生活分野からの言葉が必要なように思われる。ジジュンには時間が限られていたが実行することにした。

アンケートは上原が留守にしてきた高等学校にまず協力を依頼した。さらに塚本教授の協力を得て学部学生をも対象に実施した。また専門学校で講座を開設している上原の友人にも依頼した。テーマは「沖縄の祈り」だ。自由な記述形式にした。

インタビューは、まず戦争体験者と沖縄戦の研究者にお願いしよう。戦争体験が沖縄の人々の現在にどういう影響を与えているのか。考えれば考えるほどに重要な視点だったことが分かる。摩文仁(まぶに)の「平和祈念資料館」には証言者の映像が流れている。その近くの「ひめゆり祈念資料館」には証言集もあるはずだ。それらの中から、対象者を選ぶことができるように思う。直(じか)に聞き取るのだ。

「戦争体験者だけでなく、文学者や著名な文化人、教育者からも沖縄への思いを聞き取ることができるのではないか。文学や文化を考える重要な視点になる……」

上原の独り言のようなつぶやきにジジュンが相槌を打つ。

「そうしましょう。時間の許す限り会って話を聞きましょう」

「そうだよな、それができれば、とても嬉しいことだ」

「そうです。先輩たちから沖縄の祈りを聞きましょう」

「そうしようか」

「賛成です。現在の沖縄を理解するのにも、とてもいいアイディアですよ。元気が出てきました」

二人の顔が同時に輝いた。

上原が作成したという訪問先リストを、ジジュンが見る。

ジジュンが笑顔を浮かべて上原に言う。

「やんばる（沖縄本島北部）から行きましょうか」

「うん、そうしよう。川満彰さんは私の友人で、平良啓子さんは郷里の先輩だ。二人とも引き受けてくれるだろう」

　上原も笑顔を浮かべてジジュンを見てうなずいた。

5

　上原が川満彰さんと平良啓子さんに電話をすると、喜んでインタビューに応じてくれるという。一週間後にジジュンと二人での訪問の約束をした。

　川満彰さんは名護市の教育委員会文化課に勤めている。市史編纂などが主な仕事で、ジジュンと上原は川満さんらが編集して出版した『語り継ぐ戦争第3集―やんばるの少年兵『護郷隊』』を事前の学習に読んだ。以前に川満さんが上原に送ってくれた資料の一つだ。

　沖縄戦の中でも「護郷隊」のことは余り知られていなかった。それゆえに護郷隊のことを詳しく知りたかった。護郷隊について、その編著書の冒頭に川満さんは次のように記している。

一九四四年十月二十五日、沖縄本島北部（以下やんばる）において、十六歳から十八歳の少年たちが召集された。沖縄県立師範学校・中学校および高等女学校の生徒たちより半年も早い召集である。その名を秘匿名「護郷隊」という。集合場所は名護国民学校。召集された地域は、北は国頭（くにがみ）3村から南は金武（きん）町、恩納村（おんなそん）とやんばる全域に広がる。

召集された少年たちは昼夜を問わず厳しい教育・訓練を強いられた。その指導者となった分隊長らは少年たちと同郷の在郷軍人や翼賛壮年団員らである。（中略）

護郷隊は一九四四年十月下旬から翌年（一九四五年）三月まで数次に分けて召集された。その理由は、第三十二軍の配置変更命令で護郷隊配置地域が何度か変更され、その度にその土地の少年たちを召集したことによる。その数およそ一〇〇〇人にのぼる。一方大本営は召集を容易にするために、これまで成年男子十九歳以上の召集年齢を満十七歳に引き下げた。（同年十一月一日付）。やんばるではこれを機に当時青年学校へ通っていた十七歳にみたない少年たちも「志願兵」という形で護郷隊へ入隊したのである。（中略）

一九四五年四月一日、読谷村（よみたんそん）から北谷村（ちゃたんそん）にかけた海岸線から米軍上陸は始まった。護郷隊員らは配置されたやんばるの山々で戦闘を開始。しかし、彼らの戦闘は橋の爆破や米軍キャンプ地等を夜な夜な強襲するというその場しのぎの遊撃戦でしかなく、米軍の圧倒的な兵員・物資に為すすべもなく解散へと追い込まれていった。護郷隊の戦死者は一六〇人におよぶ。

なぜ、やんばるの少年たちは召集されたのか。それは大本営直営の陸軍中野学校が深く関与していた。大本営は、サイパン島での敗戦（一九四四年七月）をきっかけに、さらなる米軍の北上に備え、パプア・ニューギニア、フィリピンへ陸軍中野学校出身者を軸とした第1遊撃隊、第2遊撃隊を配置した。そしてさらに北上してくることを予測し、沖縄島へ第3遊撃隊、第4遊撃隊を配置したのである。彼らはその名を秘匿しつつ、且つ「故郷は自らの手で護る」と戦意高揚を図るため、第3遊撃隊を「第1護郷隊」、第4遊撃隊を「第2護郷隊」と命名したのである。（以下略）

川満さんらが編集した本書は、四章仕立ての構成と護郷隊の元隊員らの証言をも取り込みながら、護郷隊の戦争と沖縄戦の実態を立体的に浮かび上がらせている。

川満さんの職場は、名護市庁舎から数キロ離れた旧市街にあった。かっては崎山図書館として利用されていた建物だ。窓近くまで積み上げられた資料は外の光を遮り、室内を薄暗くしていたが、川満さんは笑顔で迎えてくれた。

上原は、ジジュンを紹介し、改めて訪問した理由を告げた。川満さんは腰掛けを勧め、コーヒーを淹れてくれた。そして静かに話し始めた。

「私は三十年近くも平和ガイドを続けてきたけれど、護郷隊のことには強い関心を持っていた。二〇一五年にＮＨＫテレビが護郷隊を取り上げてドキュメンタリー番組を制作したけれど、私も依頼されて当初から協力した。制作には四年ほどかかった」

「かつて護郷隊であったおじいちゃんたちの話を聞く機会が多くなったが、おじいちゃんたちの疑問は大きく分けて二つある。一つは、なんで少年のぼくらが兵隊に取られなければいけなかったかということ、二つめは鉄血勤皇隊はあんなに有名なのになんで護郷隊は有名にならないのかということです。それを調べて答えてあげることが私の役割だと思うようになったのです」

「一つめの疑問の答えはこうです。護郷隊は第三十二軍潰滅以降の戦争を担う軍隊として組織された。米軍が中部から上陸するということを日本軍は予め想定していた。そして首里にある司令壕を目指して進軍するだろうことも予測していた。そこで、その背後から攻める軍隊を組織した訳です。すでに青年たちは軍隊に取られていて、村には若者はもう残っていなかった。それで少年たちを集めたんです。地理に詳しい少年たちを訓練して兵士にして、日本軍が潰滅した後も米軍の基地を襲う。米軍は本土上陸の拠点として必ず沖縄に基地を造る。その基地を襲撃する部隊として護郷隊が作られた訳です。護郷隊は沖縄での組織的な戦闘が終わっても永遠に戦い続けるゲリラ部隊であったわけです。大本営は第三十二軍を捨て石として考えていました。護郷隊もそれこそ捨て石です」

「二つめのなぜ有名にならないかということについては、こう考えています。鉄血勤皇隊は師範学校生を含めて学徒兵だったんです。しかし、護郷隊はヤンバルの農村で鍬を握っていた少年たちです。戦争が終わった後、生き残った学徒兵たちは教職に就いたり、企業を興したりしました。そして自らの戦争体験を記録し証言したのです。しかし、護郷隊の少年たちは、体験を伝えたり記録を残したりすることもなく、再び家の仕事を手伝い畑に出て一生懸命働くことになる。一家の中心となる働き手の父や兄たちは戦死していた。やっと落ち着いたころには、もう相当の年齢に達していた。体験を自ら証言する機会を作ることもなく、外から要望されて初めて語り出した。このことが一番大きな要因だと思いますよ」

「護郷隊を含めて、ヤンバルの戦争は、これまであまりスポットが当たらなかった。それは、教科書裁判などもあって、沖縄戦は『集団自決』や摩文仁の戦争などを取り上げることが多く、戦史研究者も、やんばるまで手が回らなかったということが実態としてあるんじゃないかと思いますよ」

「護郷隊のことを調べて分かったことは、国体護持のための少年兵たちだったということです。少年兵たちは国体護持の意味も知らずに戦ったのだと思いますよ。陸軍中野学校の兵士たちは、沖縄と同じように全国でも少年を集めて護郷隊を作ろうとするのです。それこそ国体護持のためですよ。そのために未来のある少年たちをも犠牲にするんです。終わりのない殺戮が繰り返されようとしていたんです。特攻隊も含めてですが、命を粗末にし、未来のある少年たちを前戦に送り出す。こんな作戦は気が狂っているとしか思えませんよ」

「護郷隊の人たちの話を聞くと、自分たちは完全にマインドコントロールされていたと言うんです。自分が死んでも怖くない。人を殺しても怖くない。周りで家族が死のうが友達が死のうが怖くない。東村(ひがしそん)にお住まいの元護郷隊の玉那覇(たまなは)さんは、このことを妄動と名付けています」

「妄動というのは人間が人間でなくなる動き。何をやっても感覚が麻痺している。そういう状態を名付けているようです。玉那覇さんの言葉を借りて言えば、沖縄戦にいた人たちすべてが妄動の状態であったのではないかと思いますよね。マラリアで妹が死んでも怖くない。傍らで母親が死んでも怖くない。当時は妄動の状態が沖縄県全域に蔓延していたと言えるでしょうねえ」

「彼らの話を聞くと、当時は全然怖くもなんともなかったと言うんですよ。ぼくは５０発撃ったとか、６０発撃ったとか言うんです。武勇伝的な話をするんだけど、何名殺したとは絶対言わない。でも、話し終わった後は、だいたい涙を流しますね」

「沖縄戦の実相といっても言葉では伝わらない戦争がある。辺野古新基地建設反対で座り込みをしているおじいやおばあたちの気持ちを、次世代の人たちにどう伝えるか。それが私の仕事かなと思っています」

「沖縄は、ほんとに戦後になったのか。沖縄に戦後はあるのか、ということをいつも考えさせられます」

「米軍の資料などを読むと、沖縄戦の後に基地を造ったのでなく、基地を造るために沖縄戦をやったということが分かります。このことは多数の書籍にあり、林博史『沖縄からの本土爆撃』（二〇一八年、吉川弘文館）などもそうです。本土空襲のための沖縄基地、東南アジアを支配するための沖縄基地です。そのために沖縄に軍事基地を建設するんですね。でも沖縄の人たちにとっては不条理なことで耐えがたいことです」

「ぼくは伊江島土地闘争の先頭に立った阿波根昌鴻（あはごんしょうこう）さんの言葉をよく思い出すんです。阿波根さんは米国軍政府と対峙する際も陳情規定を作り人間の道理を前面に押し出して非暴力で戦うんです。凄いことです。現在は法律を前面に押し出して日本政府も沖縄県も対峙しているように思えます。人間の道理こそが大切ではないかと思うんです」

「阿波根さんが作った陳情規定には、米兵が来ると必ず座りなさいとか、肩より上に手を挙げてはいけないとか、農耕具をそばに置いてはいけないとかね、そんな自らを律する規定を作って米軍と交渉したんです。こういうことをしたのは、おそらく阿波根さんが初めてではなかったかと思うんですよね」

「沖縄の子どもたちだけでなく、当然だれもがみんな幸せになりたいと思うんですよね。そのために私たち大人は何すればいいか。ぼくは大人の役割は二つあると思うんです。一つは家族を守ること、そのために働くこと。貧乏は幸せを作らない。もう一つは子どもたちの未来や夢を育む社会をしっかりと作ってあげることです。これはぼくの持論です。だからその一つとして平和ガイドもやっている訳です」

「平和ガイドをしていると、沖縄のために何か手助けがしたい、何かやりたいという中学生や高校生が出てくるんです。そう言ってくれるのは嬉しいし、沖縄を通して戦争や平和のことを考えてくれるのは有り難いんですけれども、ぼくはこう言っているんです。まず自分の地域を見てごらん。自分の地域に何があるか。何が問題なのか、考えてごらんと」

「地域を考える視点を与えるために、ぼくの話を聞いてもらえたなら有り難い。そう締めくくっているんです」

川満彰さんは恥ずかしそうにそう言って、ぼくらのインタビューを締めくくった。

川満さんとの話で得るものは大きかった。やはり戦争を自明なことにしてはいけないと、つくづくそう思ってお礼を述べた。

※

平良啓子さんに指定されたレストランは名護市の郊外にあった。静かな環境の中にあるレストランで「季節料理・湯川」と看板が掲げられていた。親切な配慮に感謝した。

平良啓子さんは、娘さんの運転する自家用車に乗ってレストランに現れた。八十歳を過ぎているはずだが若々しかった。白地に黒い水玉模様の入った長袖のブラウスを着てリボンを胸の前で結んでいる。灰色の薄地の上着を羽織った姿勢は凛として年齢を感じさせない。長く教職についていたということもあるのだろうか。記憶も鮮明で、話には澱むところがなかった。平良さんは多くの犠牲者を出した学童疎開船「対馬丸（つしままる）」の数少ない生存者の一人である。

一九四四（昭和十九）年七月、サイパンの戦いはサイパン島の日本軍が全滅し、多くの民間人が犠牲になって終結した。アメリカ軍はサイパンのグアム島からB29爆撃機を出撃させ、無着陸で日本のほぼ全土を空襲できるようになった。これを受けて大本営は沖縄県知事、泉守紀（いずみしゅき）に宛て「本土決戦に備え、非戦闘員である老人や婦女、児童、計十万人を本土または台湾へ疎開させよ」との命令を通達した。

一九四四年八月二十一日、平良啓子さんは沖縄から本土への疎開船「対馬丸」に乗った。その翌日の八月二十二日、「対馬丸」は多くの学童を乗せたままアメリカ海軍の潜水艦の攻撃を受けて沈没した。犠牲者は一四八四名。平良啓子さんは当時小学校四年生。奇跡の生還者だ。

平良さんはゆっくりと話し出した。

「ドスーンという大きな音がしてね、私は体が飛ばされました。一緒にいた祖母や兄を見失いました。全長約１３６メートルの対馬丸の船体が炎を上げて一気に傾き、甲板に波が押し寄せてきたんです」

「飛び込むことはしていませんよ。気がついたときは、船はもう沈みかけていて、私は水の上に浮いていたんです」

「私は国民学校の四年生で九歳になっていました。父親と長男が東京に出稼ぎに行っていましたから、それで、お前たちは東京に父も兄もいるんだから疎開しろと言われたんです。母が反対する中を家族五人で、本島北部の安波（あは）という山奥の小さな村から対馬丸に乗ったんです」

「安波からは四十人が出発しました。四十人の中には私の家族五人も含まれています。行きたがらなかった六十七歳の祖母と、女学校に通っていた十七歳の姉と、六年生の兄と、そして東京にいる兄の許嫁（いいなずけ）と私です」

「従姉妹（いとこ）のトキコも私と同じ四年生でしたが、啓子が行くなら私も行くと言って、親の反対を押し切ってついてきたんです。トキコまで含めると六人です」

「安波から行った四十人の疎開者のうち、私の家族の三人（姉と私と許嫁）だけが生き残って、三十七人は全滅しました」

「パニックになって甲板を走り回っているのを船員に掴まえられて海に投げ込まれている人も

見ました。沈みかけた帆柱に子どもをおんぶした婦人がしがみついて、兵隊さん助けて、助けて、と言いながらポンポン落ちていく姿とかも見ました。遠くのほうでは子どもたちがワーワー泣いているし、ボートに乗せられて進んだかと思ったらボートは転覆してみんな波にさらわれていきました」

「波は荒かったですよ。台風も近づいていましたからね、サーッと人間を引きずっていく波でした。時々、どこかにぶち当たって砕ける音も聞こえました。その度に物や人がぶつかってきました。それをはねのけないと押しつぶされて死んでしまうわけ。だから私も必死でそれをはねのけました」

「死んだ人とか、物とか、いろんなものが身の周りに寄ってきて、もう、夜の海には人間の泣き声が溢れていました。地獄絵ですよ。ワーワー泣き声がして、お母ちゃん、お父さん、兵隊さん、先生、恐いよ、恐いよ、って騒いでいたのに、静かになったときには死体となって浮いているんです」

「その日は危ないと言われていて救命胴着を着せられて船倉に寝ていたんですよ。気がついたら私は浮いていました。必死で目を凝らして周りを見て身内を探しましたが、だれもいないんです。一人ぼっちになっていました。そのとき私はふと母の言葉を思い出しました。故郷を離れるとき、母が四歳になる弟をおんぶして、七歳になる妹の手を引いて言ったんです。来年の三月にはきっと会えるからね。それまで辛抱するんだよ。泣くんじゃないよと。その言葉を思い出して、私は死にたくない、母に会うまでは死にたくないと思いました。大きな樽が流れてきたので必死にそれにしがみついたんです」

「一生懸命自分の身を守っているところに、トキコの姿が見えたもんだから、もう嬉しくて、トキコー、トキコーって大声で呼びました。トキコは半袖の白いブラウスを着ていましたが、もう薄暗くてはっきりとは見えないんです、夜だから。火が燃えているあいだは見えますけど、火が消えたらもう暗い海です」

「トキコも、私が啓子だと分かると、喜びすぎて、わーわー泣き出してしまいました。トキコは優しくて泣き虫だったんですが、私はトキコを励ましながら、樽に向かい合ってしがみつき、二人で浮いていました」

「時々、大きな波が当たって流されそうになりましたが、必死でしがみついていました。やがて不意打ちに来た大きな波にトキコがさらわれました。トキコ、トキコー、どこへ行くの、待ってって大声を出しましたが、また来た波に私もさらわれそうになったので、必死にしがみつきました」

「やっとのことで目を開けて、トキコを探しましたが、もう白いブラウスのトキコはどこにも見えませんでした。目をきょろきょろして辺りを見回していると、また大きな波がバーっとかかってくるのです。トキコを探すのをもう諦めて、泣きたい気持ちを必死に堪えて、樽にしがみついていました」

「悲しかったですよ。トキコと二人一緒だったら、なんとか頑張れるんじゃないかと思っていましたから……」

「泣きたいけれど堪えました。姉もいないし、祖母も見えないし、チヨコ姉さんもいない、兄のタケヨシもいない。トキコも見つかったと思ったら流されてしまった。もう一人ぼっちですよ。悲しかったです」

「五十メートルほど離れた所で人が騒いでいるから、あっ、向こうに大人がいる、すがれる物があるからみんな向こうにいるんだ。向こうへ行けば私も一緒になって生きることができるかもしれない。そう思って、物とか死体とかをかき分け、かき分けて、ワイワイしている所にたどり着いたんです。筏の上で人が騒いでいたんです」

「やれやれ着いたと思って、すぐに筏に片手を伸ばした途端に、流れていく男の人が、私の両足をつかんで引きずったんです。私を引っぱれば自分もそこに寄れると思ったのかも知れませんね。私も必死に筏にしがみついていたんですが、やがて男の人の手が離れて、男の人は水の中に引きずられていきました」

「私はなんとしても生きたいと思っていますから、筏に取りすがるんだけど、先に乗っていた人が筏の上から押し返すんですよ。向こうも必死ですよ。筏に這い上がれる者は生き残れるけれど、這い上がれない者はもう流れて死ぬしかない。そういう場面ですからね。しかも台風の余波もあって波も荒い。筏に乗れる人数も限られていますからね」

「そのとき、私は、よし、分からないように潜って行こうと思って筏の下に潜ったんです。潜って行って人の少ないところに手を引っかけて、頭を全部隠して、苦しくなったら水の上でふーって息を吐いて、揺れながらこれを繰り返してチャンスを見つけて、筏に這い上がったんです」

「暗くて顔も見えませんから、だれも、ものも言わない。自分が乗りたいんだから、子どもであろうが大人であろうが、身内であろうが撥ね除ける。みんなもう蹴散らすことしか頭にないんです」

「奪い合いですよ。筏での死闘です。弱肉強食というのはこんなものかなと思いました。自分さえ生きればいいと。この筏にすがらなければ死ぬからね」

「やっと争いがなくなって、少し静かになったんです。でも波は荒いんです。みんなじっと我慢して、そのまま頑張っていたら夜が明けたんです」

「それから六日間の漂流。まさか六日間流れるとは思っていませんよ。翌日はだれかが助けに来るものと思っていましたからね」

「昼ごろ遠くのほうを見たら、たくさんの漂流者があちこちに浮いているのが見えるんです。生きているのか死んでいるのかは分かりません。波が高く上がると筏に乗った人たちも見えるんです。下がったら見えなくなる。ふと、あっちの筏に自分の身内が乗っているんじゃないかと思ったりするんですよ。なんか、啓子！　って、呼ばれたような気がしたんですよ。実際にはそうじゃなかったかもしれませんが……」

「そのときに見たのがサメです。サメが人を引きずっていくのが見えたんです。恐ろしくて、恐ろしくて……。生き延びたウチの姉も、サメをたくさん見たそうです。そのサメに子どもたちがヤラレたのを……」

「流れていくうちに飛行機が飛んで来たんです。敵の飛行機かなって、こわごわと見ていたら、主翼のほうに日の丸のマークがあるわけ。日本の飛行機だ！　日本の飛行機だ！　って喜んでね。みんな手を振って、助けてぇ！　助けてぇ！　って、あっちこっちで手を振っているのが見えました。上着を脱いで一生懸命白いものを、シャツなんかを振ったりして、助けてくれって叫んでいるんです。飛行機が低空して来たんです。それから南のほうへまた帰ったんです。それっきり来ませんでしたけどね」

「で、一日目が終わる。日が暮れる。また夜が明ける。もうどこに流れ着くか分からない。島が見えないんです。もう絶望寸前ですよ。夜が明けるたびに一人去り、二人去り、三人去りと、いつのまにか筏の上の人がいなくなるんです。これはみんな睡魔ですよ。居眠りして倒れて流されたらもう這い上がれないんです。波がサーッと引っぱっていくから。それで減っていくんです」

「よく見ると筏の上は十人だけになっていました。十人のうち九人は女性、男は一人だけ、それも子ども。お母さんの腕の中に抱かれていました」

「どこへ流れているのかも分からない。ぐるっと海を見回しても船は来ない。何もかも見えなくなった。帆柱も何も見えない」

「で、また日が暮れる。絶望する。次は十人から九人、八人と減っていくんですよね。遠くのほうに人が浮いているのを見ると、あっちに浮いているのはトキコじゃないかね、うちのおばあちゃんかね、お姉ちゃんかね、って思うんですよ。近づきたくなるんです、遠くで漂流しているのを見ると。そういうことをしょっちゅう思っていました」

「何日か漂流していたら、人間、頭がおかしくなってくるんだね。だんだん、幻覚症状というのを起こし始めて……、雲を見たら、あれ島、あれ島どー、島どー、と叫んで、島だからあっちへ向けて漕げ、漕げって言うんですよ。大人のおばさんたちがね」

「目の前のおばあちゃんが目を開いたまま筏からズルズルっと落ちるんですよ。おばあちゃんどうして落ちるのって叫んで掴んで引っぱり上げるんだけど、またズルズル落ちる。こんなことを繰り返していると、それを見た大人が、エー、ワラバー（童よ）、このおばあはもう死んでいるから手を放しなさい、って言うんですよ。死んでいませんよ、目を開いていますよ、このおばあちゃん生きていますよ、ってわたしは頑張って言ったんです。死人は目を閉じて死ぬとしか思っていませんからね。いや死んでるよって言われて。そう言えば水がかかっても目玉が閉じない。ものも言わない。ああ、こうやって死ぬ人もいるんだなと思いながら、襟首つかんでいる手を放したら、おばあちゃんは目を開いたまま沈んでいって……」

「おばあちゃんが、五十メートル先、百メートル先を流れていく姿が今も頭に残っています。あのおばあちゃん、私が殺したのかねって、こういう罪意識、今でも心に引っかかりがあります」

「それからまた翌日は、何かが浮いているから、あれ食べ物かも知れない、取って来てって、おばさんたちが言うんですよ、私に」

「竹筒が1本、先のほうが切られていて、重そうに浮いているんです。それを脇に抱えて片手で泳いで取って来たんです。竹筒はふた節に分かれていてコルクみたいな栓がされていましたが、これを引き抜いて中を覗くと、あずきご飯が詰まっていたんです。もう喜んで、嬉しくて、みんなで、ご飯だ、ご飯だと言って食べました。おばさんたちは、これは神様の恵みだと言って食べていました」

「そのとき配給してあげたおばあちゃんが、私に沖縄の方言で言ったんですよ。エー、ワラバー、私の分はいいから、あなたが食べなさい、って。私はびっくりして、おばあ、本当にいいんですかって聞いたら、うん、ヤーガ、カメー（あなたが食べなさい）って言うもんだから、有り難うねえおばあと言って、わたしは二人分食べました」

「翌日、このおばあちゃんがいなくなっていました。多分もう失望したんじゃないかな。それで自分の分を私にあげたのかねと思うと、このおばあちゃんのことがとっても気にかかって……。多分、睡魔に襲われて倒れてそのまま流されたのかな、それとも息を引きとって流れたのかそれは分からないけど、いなくなっていました」

「それから、筏の上でお母さんにしがみついていた男の子がね。この子はお母さんのおっぱいに吸い付いていたんだけど、お母さんのおっぱいが出ない。出るはずがないんです。やせこけたお母さんでしたから。で、乳首を歯で噛まれて血が出て、痛い、痛いと言いながらお母さんも泣いていたのに、この子が息を引き取ったんです。それで死体を抱いたままお母さんは泣いていて、陸に上がればなんとかなったのにって、また泣くわけ。抱いたまま漂流して夜が明けたら、子どもは波にさらわれていなくなっていました。本人も睡魔に襲われて気がつかなかったってまた泣くわけ。だんだん人が減ってきて……、五人だけになっていました」

「六日目の夜明けでした。今までと違う音がして、岸を打つ波の音が聞こえたんです。ザラ、ザラ、ザラーって浜辺の波打ち際の音が聞こえるんです。島が近づいたんじゃないかって、もう胸ワクワクですよ。大人たちに言ったんです。あの音、ちょっと聞いて。なんか岸を打つ波の音に似ていませんかって」

「それから、島じゃないかと思ったら、どんどん大きく聞こえてくるわけ。私たちの筏は、その島へ向かってどんどん上げ潮に乗っていくみたいに進んでいるんですよ。筏の上には、もう五人しか残っていないので軽いからよく流れたんでしょうね。それでガラガラ、ガラガラっと島に着きました。もうあのときの喜びはなんとも言えませんよ」

「早く降りないと、また流されたら大変よって、急いで降りようとしたら、足がふらついて歩けないんですよ、みんな。それで四つんばいになって降りようとしたら、女の子を私の背中にだれかが乗せるわけ。この女の子も相当弱っていたはず。私はこの子をおんぶしながら四つんばいになって這いだして行ったら、背中で、お母ちゃんって言うんですよ。お母さんじゃないから返事もしないで背負ったまま這って、それで大人も四つんばいになって五人で島に上がりました」

「枝手久(えでく)という無人島だったんです。標高約七十メートルぐらいで、そこの浜に漂着して私たちは助かったというわけなんです」

「それからみんな陸に上がって、草を千切って口にほうり込んで、青汁を喉から流し込んで……。それからしばらくして、人はいないかなと見回してもだれもいない、ここは無人島だということが分かったのでもう諦めて水を探そうということになったわけ。とっても水が欲しいんですよ」

「山の向こう、谷間のほうに行けば川があるし水が流れているかもしれないから、あっちへ行ってみようと言って、あの女の子はそこへ寝かしたまま這い出して行ったんです。でも川も水も無い。でも窪(くぼ)みがあるから、穴を掘れば水が湧くんじゃないかということで、草をむしり取って掘り出して」

「大人も一緒にやっていたのに、この人たちは、へたばってしまって、もうダメだって倒れたんですよ、私のそばで。でも私は頑張って、掘ってみよう、掘ってみようといって、掘っているうちに、本当にチョロチョロと水が湧いたんですよ。もう嬉しくって。窪みに水が貯まるまでじっと待って、それから濁りが澄むまで待っていて、すぐ頭を突っ込んで、ガブガブ水を飲んで、はー、生き返ったという気持ちがしました。本当に美味しい水でした」

「あの女の子、水が湧いたから呼んで来なさいて言いつけられて、呼びに行ったら、あの子、目を開いたまま動かない。海で見たあのおばあのように、目を開いたまま死んでいたら恐いと思って、親を呼んだんですよ。親が来て、一生懸命顔を叩いたり、ゆすったりしていましたが、死んでいました」

「あの子、ここに寝かしたときに息を引き取ったんでしょうね。水を飲むことができなくて、そのまま。お母さんが開いた目を閉じさせて、抱きかかえて泣いていました」

「水はあるけれど食べ物は無い。人はいない。ここは無人島で、ここで飢え死にするかもしれないという不安がまたのしかかってくる。なんとか人に見られたい。もう夜が明けて太陽も出ているし、なんか船なんかこないかね、何か見えないかねと思って、キョロキョロして、一生懸命、船を探したんです。すると船が二艘、見えたんです。船だ、船だ、これを呼ぼうといって、みんなで慌てて小高い岩に登ったんです」

「おーい、おーい、って呼んでも届かないんですよ。もう逃がしたら大変だと思って焦りもするし、私が大きい声を出すと大人も大きな声を出すみたいでしたから、一、二の三と声を合わせて、おーいと大きな声で呼んだら、船頭さんが櫂（かい）を漕ぐのを止めて後ろを振り向いたんですよ。それから方向を変えてここへやって来たんです。もう嬉しくて、嬉しくて。船が来るよ、船が来るよって」

「船頭さんが、とことこと私のところへ寄って来て、お嬢ちゃん、よく頑張ったな。あんた偉いな、と言って慰めてくれました。黙ってうつむいていたら、さあ、お食べ、と言って差し出された飯ごうに、やわらかいご飯と黒砂糖があるわけ。それを手を突っ込んで食べました。もう美味しくて美味しくて、本当に生き返ったという気持ちですかね」

「みんなこれを食べて元気になって。それから船に乗せてもらって。あの女の子の死体も乗せて、私はまたあの船頭さんがひょいと抱えて自分の膝の上に座らせて、自分が被っている古い麦わら帽子をわたしに被せて、船を漕いで奄美大島の宇検村の久志というところの診療所に運ばれたんです。助かったんですよ。嬉しかったですよ、あのときは、本当にもう」

「奄美大島の人たちの親切には、何回お礼を言っても足りないですよ」

「それから古仁屋という村に移されましたが、そこには津嘉山さんという父の友人がいて、とても親切にしてもらいました。津嘉山さんは安波の隣村の安田の出身で、半年間ほど津嘉山さんのおうちでお世話になり、一緒に与論経由で安波に帰って来たんです」

「一九四五年の二月に帰って来たんですが、それから沖縄戦にぶつかって山の中を逃げながら生き延びたんです。だから私は二度戦争にぶつかっているんですよ」

「対馬丸のことはいつも思い出しますよ。海の傍らに住んでいるからよけい海を見るといつも思い出します。『対』という字を見るだけで対馬丸をすぐに思い出しますよ」

「私には、海で流れている自分の姿がいつも見えます。流れていったあのおばあちゃんはどうなったかなとか、トキコは来ないね、兄も来ないねとか……」

「戦争に勝つために私たちを疎開させようとしたと思うんですよ。でも、こんなに戦争が身近に迫ってきて、危険な状態になってから疎開させるというのは、もう手遅れだったと思いますよ。もう少し早くだったら、みんなは海に沈むことなく疎開できたかも知れないけどね。勝ち戦(いくさ)だという大本営の発表をみんな信じていたからね。私たち子どもは余計に信じていましたよ」

「教育というのは非常に過ちを起こしやすいから、正しい教育はなんであるかということを、いつも考えておかないといけないね。教育は真実を教えないといけないね」

「今は国際平和とは言いながら、じゃあ日本はどういうふうなことをすればいいのかというのは大きな課題だと思いますよ。私もあまり大きなことは言えませんけどね。戦争は二度と嫌です。もうダメ。平和でいきたいです、いつも」

「戦争は絶対反対です。そういう動きがあるなら、早く見つけて早く摘み取らないといけない。動き出したら危ないから。それを見る目を養うのが教育だと思いますよ。国が戦争への動きがあれば摘み取る。だから、またあんな戦争を起こさないためには、私は私の体験を語らないといけないと思うから語り継ぐんです」

「あと何年生きられるか分かりませんが、私はしゃべれるあいだは、戦争はダメですよ、と語り続けなければならないという気持ちを持っています。もうやがて、呆(ぼ)けそうになっていますけどね（笑い）」

平良啓子さんは、語り終えると、ホッとしたように笑顔を浮かべた。白くなった頭髪が、平良さんの幼い少女の笑顔に繋がり、刻まれた歳月に繋がった。

平良さんは、『海員4月号』という雑誌を資料として渡してくれた。昨年乞われて講演した記事の載った雑誌だという。そして、やんばるの特産物であるシークヮーサーを箱いっぱい手土産だと言って渡してくれた。平良さんの優しさに感じ入って恐縮した。

レストランから出ると、真夏のような暑い日射しが辺り一面をまばゆく照らしていた。お礼を言い、大きくお辞儀をして平良さんと別れた。

「いい人ですね」

「うん、生きていてくれて、よかったな」

上原とジジュンは顔を見合わせて声を出して平良さんの幸せを願った。

平良さんを生かしてくれたのは大いなる運命のようなものかもしれない。その奇跡を素直に喜びたかった。上原は郷里の先輩、平良さんの話が聞けて本当によかったと思った。そして、娘さんの笑顔を見ながら、平良さんの生き継がれた命に感謝した。

6

沖縄戦について調べることは辛いことだった。また体験者の話を聞くのは、なお辛いことだった。

上原は、取材をすると自分が沖縄戦についていかに無知であったかということがよく分かった。「沖縄戦も、文学も、自明なものにしてはいけない」。そんなふうに言って励ましてくれた塚本教授の真意がよく分かる。沖縄の戦後詩を研究する上で「戦争と文学」をキーワードにしようとしたことが不遜なことであったようにさえ思えてくる。目を凝らす。耳を澄ます。すると様々な言葉や声が新しい彩りを帯びて心に届く。

沖縄戦に関心を持って新聞を広げると、そこにはたくさんの情報が掲載されていることが分かる。見ようと思えば見えるのだ。知ろうとしなければ知ることができない。こんな単純な道理に初めて気がつく。

ジジュンは母国のことを思い出す。三十年余の自分の人生で、母国のことに、どれだけ関心を持っただろう。母国の姿は見えたか。母国のことをなおざりにして沖縄にやって来たのではないか。沖縄を鏡にして母国を考えるというのは欺瞞ではないか。母国のことについて、ほんとうは何も知らないのではないか。日本の植民地時代の国民の苦悩。日本の戦争による母国の人々の死。慰安婦にされた女性たちの悲劇。彼らの国籍は奪われていたのではないか。彼らは日本人であったのか、なかったのか。同じ問いを沖縄で立てることは可能か……。

このように問いかけると忸怩(じくじ)たる思いがする。韓国釜山市の釜慶大学に勤めている恋人の趙正美に尋ねてみたい。ぼくは間違っているのだろうかと。

ジジュンは慌てて首を振る。間違ってはいない。このような問いを立てることにこそ、学ぶ意義があるのだ。いや、このことこそが沖縄で学ぶ理由であり学んできた成果なのだ。

沖縄の歴史と韓国の歴史は似ている部分が多い。その歴史の類似性から文学の類似性を探りだし、比較し、東アジアの平和を模索する。このことは重要なことなのだ。時間が欲しい。たくさんのことを学ぶ時間が……。

「ジジュン」

「ジジュン」

上原に声を掛けられていたが気づかなかった。

「ジジュン、何を難しい顔をしているのだ」

やっと気がついて、隣の席の上原を見る。上原が笑みを浮かべてジジュンに話しかける。

「ジジュン、この新聞を見てみろ。この人たちを訪ねることもできるぞ」

上原から広げられた新聞を渡される。「未来に伝える沖縄戦」の文字が目に入る。地元B新聞社の特集記事だ。「私が幼かったころ」のサブタイトルがついている。242回とある。随分と長い連載記事だ。これまでは沖縄戦を自明なものとして、まったく読まなかった記事だ。

「このように長い連載記事になっているのだが、ぼくは気がつかなかった」

「ぼくの母国にも、こんな連載記事があるかもしれない。ぼくもやはり気づかなかっただけかもしれない」

「お互い様だな……。この記事に掲載されている沖縄戦の体験者を訪ねることもできるかなと思って。たぶん、研究のためだと新聞社に問い合わせれば住所を教えてくれるかもしれない。教えてもらっても、中には取材を拒む人もいるかもしれない。しかし、問い合わせてみる価値は十分にあると思う」

上原も、あるいはジジュンも変わりつつあるのだ。変わることがダイナミックな運動体になる。エネルギーをさらに蓄積できるのだ。塚本教授の言葉が蘇ってくる。

「いいですね、訪ねてみましょう。もっと聞きたい。直に聞きたい。戦争のことを、体験者の沖縄への思いを」

ジジュンは記事に目を通しながら返事をする。

「よし、そうしよう。図書館でバックナンバーの記事を読んで、訪問者を絞ろう。242回の連載になっているなんて凄いことだよ。新聞社へ敬意を表したい。埋没させるにはもったいない。地元の新聞社は中立を欠いていると批判する人たちもいるが、これこそが新聞社の役目だと思う。そしてこのような人々の声を集めることが、沖縄の今を生きる表現者の使命だとも思う」

「そうですね、上原さんは詩人でしたね」

「いや、詩人である前に人間だよ（笑い）。そして、ぼくはウチナーンチュだ」

「はい、そうですね（笑い）。もったいないです。この記事に気づかなかったなんて。他の新聞にも連載記事はあるはずです。それも併せて調べてみましょう」

ジジュンも明るい声を上げて即答した。

二人はすぐに行動を開始した。記事になった人々は戸惑いながらも快くインタビューに応じてくれた。有り難いことだった。もちろん全部の体験者がインタビューに応じてくれた訳ではなかったが、体験者の一人渡名喜元子（となきもとこ）さんは笑顔を浮かべてジジュンと上原を迎えてくれた。

渡名喜元子さんは、戦争当時浦添（うらそえ）の当山（とうやま）に住んでいたという。両親と二人の妹との五人家族だ。幸せな日々が続いていたが、それが一気に壊されたという。

ジジュンと上原が訪ねて行くと笑顔で応接間に招き入れてくれた。玄関先に現れた渡名喜さんは大柄の女性で腰もしゃんと伸びて矍鑠（かくしゃく）としていた。とても八十歳を過ぎているとは思えなかった。黒地に小さな赤や白の花柄の入ったワンピースを着て穏やかな表情をしている。夫を三年前に亡くしたが、今は一人で住んでいるという。コンクリート建ての大きな家だ。娘家族が近くに住んでいるので寂しくはないという。

渡名喜さんはサーターアンダーギー（お菓子）を作って私たち二人を待っていた。応接間に案内され、茶を勧められた。見ず知らずの私たちに対する温かいもてなしに恐縮した。しばらくはジジュンの母国、韓国のことや、二人の生い立ちなどが話題になった。辺野古の新基地が話題になったとき、渡名喜さんが姿勢を正した。二人は了解を得てICレコーダーのスイッチをONにした。

※

「私は一九三四年四月の生まれです。戦争当時はちょうど満十歳、浦添国民学校の四年生でした」

「一九四四年の八月末、浦添国民学校は宮崎県へ疎開する児童を募集していました。疎開は国や県の方針でもあったのです。国や県の偉いさんたちは、もう沖縄が戦場になるということは分かっていたんだと思います。たくさんの友達が疎開を決めていました。私も友達と一緒に疎開したいと言うと、馬鹿たれ！　と父に叱られました。家族は一緒がいいんだ、生きるも死ぬも一緒だと、父には強く反対されました。でも、私は仲良しの友達と離ればなれになるのは嫌でした。まだ子どもだったんですね。父や母の気持ちが分かっていなかったんです」

「私は家族が寝静まった夜に、こっそりと荷物をリュックに詰めました。でも見つかってしまい、父に尻を強く叩かれました。結局疎開できずに、私は諦めて当山に残ることにしました」

「それから約一か月後の十月十日、米軍による空襲がありました。十・十空襲です。浦添城趾の近くの丘の上から那覇の方角を見ると、街が赤く燃えていました」

「空襲の後、年が明けるとすぐに日本軍が私たちの住む当山にやって来ました。当山の人たちみんなで力を合わせて造った大きな防空壕は軍が使うということで取られてしまいました。私たちは避難する場所が無くなったのです。防空壕だけではありません。村の民家も軍が使うようになりました」

「一九四五年、年始めの空襲で私の家に爆弾が落ちて家が焼けてしまいました。激しい炎を上げて家は燃えました。屋根が燃え落ちるのも見えました。父はぼーっと立ち竦んで見ていましたが、母はしゃがんで泣いていました」

「家が無くなってしまったので、私たち家族は、祖父の家の裏座に住むことになりました。表座には兵隊さんが住んでいたからです。私の祖父は村でも一、二位を争う大きな家に住んでいましたが、その家も軍に使用され、一番座には六人の兵隊さんが住んでいたのです」

「兵隊さんは祖父の家の竈(かま)を使って、自分たちでご飯を炊いていました。祖母と母が時々覗いていましたが、飯ごうの中身はお米の上にらっきょうが乗っているだけで粗末なものでした」

「母は兵隊さんたちを可哀想に思って、豆腐や野菜炒めなどを分けて差し上げていました。兵隊さんたちは、有り難う、有り難うと、頭を下げてお礼を言いました。涙ぐんでいる兵隊さんもいました。私の記憶に残っているこの六人の兵隊さんたちは、みんな優しい兵隊さんたちでした」

「私は妹のミーコとよしえの三人姉妹です。私が一番上でしたが、兵隊さんは私たち三人を自分の妹のように、とってもかわいがってくれました。私たちは兵隊さんが大好きでした」

「兵隊さんたちとの生活は、三か月ほど続きました。兵隊さんたちは、アメリカーが上陸して来るので任務を遂行すると言って私たちの家を出て行くことになりました。祖父と父に敬礼をして、難しい言葉でお礼を述べていました」

「ミーコとよしえと私の三人は兵隊さんの手をずっと掴んでいました。戦いに行かせたくなかったのです」

「竹田さんという九州出身の二十歳を過ぎたばかりの若い兵隊さんが私に時計をくれました。涙ぐんだ目で私の頭を撫でて言いました。元ちゃん、お守りとして持っておきなさい、と」

「私は泣きました。でもその時計も、戦場を逃げ回っているうちになくしてしまいました。竹田さんも生き延びたのか死んでしまったのか、もう分かりません。たぶん、あの六人の兵隊さんたちはみんな死んでしまったと思います」

「兵隊さんたちが祖父の家を出ていってからまもなく、一九四五年四月一日、米軍は沖縄本島の読谷から上陸しました。米軍が宜野湾の嘉数に迫って来るということを聞きました。竹田さんたちは嘉数の高台にある日本軍の陣地で戦ったのだと思います。嘉数の守備軍は全滅です」

「私たちは祖父の家を出て、近くにあったもう一つの防空壕へ逃げました。小さな壕でしたが、その壕も村人みんなで力を合わせて造ったのです」

「ところが、防空壕の中には村人だけでなく日本軍の兵隊さんもいました。不思議な感じがしました。兵隊さんたちはみんな嘉数の高台で戦っていると思ったからです」

「壕の中は、避難してきた人々で溢れていました。また壕の中の兵隊さんたちは十名ばかりでしたが、戦車が通るから子どもは泣かすな、と厳しい声で怒鳴りつけていました。その中の一人の兵隊さんが、声を出したら殺すよと言って私を睨みました。そして銃剣を私の首に突きつけたのです。私は生きた心地がしませんでした。ぶるぶる震えながら目を閉じていました。竹田さんのことが頭に浮かびました。兵隊さんにも、いろいろな人がいるんだと思いました」

「父がやって来て、兵隊さんから私を助け出してくれました。結局、戦車は一台も通りませんでした。やがて砲弾の落ちる大きな音や機関銃の音が遠くから聞こえてきました。米軍と日本軍が戦っていると思いました。時々とても身近で砲弾の爆発する音も聞こえました。私は竹田さんたちが死なないようにと必死で祈りました」

「祖父がここにいては危ない、嘉数高台から近すぎると言って、父と顔を寄せ合って相談をしていました。壕を出て、攻撃を避けながらみんなで経塚(きょうづか)の壕へ行くことになりました。経塚の村人たちみんなで掘った壕があるというのです。大きな壕で祖父はその場所を知っているというのです。私たち家族は一塊になって壕を出ました。祖父母に両親、そして私と妹のミーコとよしえ、合わせて七人です」

「当山から経塚へ歩いて行く途中、負傷した多くの兵隊さんを見ました。アメリカーの戦車が火を噴いて人家を焼き払っているのも見ました。私は父の背中に隠れるようにして必死で歩きました。道端に倒れている兵隊さんたちから、水をくれ、水をくれ、とせがまれましたが、そうすることもできません。ごめんなさい、ごめんなさいと頭を下げながら歩きました」

「竹田さんたちが倒れていないかと、私とミーコとよしえの三人は目をきょろきょろして辺りを見回して歩きました」

「当山から伊祖を経由して経塚橋を渡っているとき、アメリカーのグラマン機に攻撃されました。機関銃をパシパシパシッと撃ちながら私たちに迫って来ました。私たちは必死で橋の下に隠れました。飛び去ったかと思ったグラマン機は、また戻って来て、また機関銃をパシパシパシッと撃ったのです。兵隊でもないのに撃つんだなあと思って、もう生きた心地がしませんでした」

「攻撃から逃げて、やっとの思いで経塚の防空壕に到着しました」

「でも、経塚の防空壕も避難民で溢れていました。私たちは三日間そこにいましたが、すぐに手持ちの食料もなくなってしまいました」

「死ぬなら自分の家で死のう。家の近くの防空壕にもう一度戻ろう。祖父がそう言うので父もうなずき、再び当山に戻ることになりました」

「防空壕から出て間もなくでした。やはりグラマン機がやって来たのです。今度は祖父が機関銃で撃たれて死んでしまいました。あんなにおうちに帰りたがっていたのに、祖父は家まで辿り着くことができませんでした。おじい、ごめんねと、父は祖父を抱いて泣いて謝っていました。おじいの顔は血に染まり、頭からも胸からも血を流していました」

「おばあも背中を撃たれていました。アガ、アガァ（痛い、痛い）と呻くような声を上げていましたが、お母の肩に凭れて当山の実家まで帰りました。父は祖父の遺体を背負って歩きました」

「祖父の遺体を床の間に横たえましたが、おばあが背中が痛いと言って転げ回りました。私と母とで一生懸命背中を擦りました。背中は血だらけでした。やがて祖母も死んでしまいました」

「祖父と祖母を並んで寝かせ、私たちは村人の隠れている近くの壕へ再び避難をしました。あの怖い兵隊さんたちはもういませんでした。村人との再会を喜んでいると、米軍の声が聞こえました」

「出テキナサイ。出テキナサイ。アメリカの兵隊、怖クナイヨ、出テキナサイ、と言うのです。

大人も子どももみんな身を竦めて息を殺していました。出て行ったらアメリカーにではなく日本兵に殺されるよ。日本兵が隠れて見ているよ。銃で撃たれるよ。だれかの震える声が小さく聞こえます。何人かの大人がうなずく気配が感じられました。だれも動こうとはしません」

「出テキナサイ、心配ナイ、水モ食料モアルヨ。出テキナサイ……。アメリカーたちは何度か声を掛けました。やはりだれも動きません。やがて大きな爆発音が聞こえました。壕の中で悲鳴が上がりました。手榴弾が投げ込まれたのです。私たちの目の前にいた母が倒れました。父が駆け寄って介抱しましたが、母が死んでしまいました」

「母が死んだことは理解しましたが、どうしたのか涙は出ませんでした。恐怖のせいか、またあまりにも悲しい出来事が次々と起こったせいか、私は泣けなくなっていたのです」

「やがて催涙弾も投げ込まれました。青白いガスが壕内に充満して苦しくて息ができなくなりました。私と妹のミーコは苦しさに耐えられず、大人のだれかが押しとどめるのを振り切って外に出ました。アメリカーが笑顔で手を引いてくれました。やがて私たちの後を追って、多くの村人たちが次々と壕の中から出てきました。私たちはそこでアメリカーの捕虜になったのです」

「壕から出た私たちは、壕の近くにできた大きな穴の中に入れられました。砲弾でできた穴です。アメリカーたちが穴の周りを取り囲んで立っていました。銃を持って、私たちを見下ろしていたんです。ああ、私たちは殺されて生き埋めにされるんだなあと思いました。でも、そうではなくて、しばらくするとトラックがやって来て、トラックに乗せられて牧港の収容所に連れて行かれました。到着するとすぐにＤＤＴを頭から掛けられました。ＤＤＴって分かるね？殺虫剤さねえ……」

「催涙ガスをまともに受けた私と妹のミーコは喉が痛くて声がでず、話ができませんでした。そのため胡屋（ごや）にあるアメリカーの病院へ連れて行かれました。家族全部が一緒です。全部と言っても、祖父母と母は死んでいました。下の妹のよしえも、手榴弾や催涙ガスの後遺症のために病院で死んでしまいました。三歳でした」

「回復には一か月ほどかかりました。症状が良くなると、私とミーコはコザの孤児院へ連れて行かれました。父は私たち二人が入院中に、どこか別の収容所に連れて行かれました。父を黙って見送りましたが、殺されるのではないかと、とても心配でした」

「孤児院では、私は十歳で年長さんのほうでしたので、年下の子の世話をさせられました。服を着替えさせたり、ご飯を食べさせたりしました」

「約十か月ほど孤児院で生活していましたが、父が越来（ごえく）村に住んでいる叔父と一緒に私たちを迎えに来てくれました。私とミーコは泣いて父に縋りました」

「戦後、父は、私とミーコを一生懸命育ててくれました。亡くなった母親代わりを父が務めてくれたのです」

「戦争のことを思い出すと、苦しいことも後悔することもたくさんありますが、実の母親が死んだときに泣けなかったことが一番の後悔です。父ももう死んでしまいました。今は、母や祖父母や、妹のよしえも一緒に仏壇に祀っています」

「この家は、祖父の家です。私が守っているんです……」

「イクサ世は今考えると夢みたいであったけれど、だあ夢ではなかったさ。祖父母も、お母も、よしえも死んでしまったんだからねえ……」

ジジュンと上原は、しばらく言葉を発することができなかった。目の前のお茶を何度か飲んだ後、上原が顔を上げて尋ねた。

「あの仏壇の写真はお父さんですか……」

「いえ、あれは私のウトゥ（夫）だよ」

「ああ、そうですか……。お父さん、お母さんは……」

「うん、ここに祀ってあるよ。おじいもおばあも、よしえもいるよ」

「焼香させてもらえますか」

「うん、有り難うねえ」

竹田さんから元ちゃんと呼ばれた渡名喜元子さんは、ゆっくりと腰を上げて、手に持った白

い ハンカチで涙を拭った。そして香を点けてくれた。

ジジュンと上原は手を合わせ、焼香を済ませて丁寧にお礼を述べた。それから渡名喜さんの家を後にした。

帰りの車の中まで重い空気が流れていた。証言の重さに心が潰れそうだった。戦後を生きている一人一人にかけがえのない人生があったのだ。最愛の祖父母が奪われ、母親が奪われ、妹が奪われたのだ。

渡名喜さんは看護師として戦後を生きたという。アメリカーの病院で優しく接してくれたアメリカ人の看護師さんのことが忘れられなかったからだという。言葉は理解できなくても温かい心は手に取るように分かったという。

やがて助手席のジジュンが口を開いた。

「渡名喜さんの証言は、だいぶ新聞の記事とは違っていましたね」

「そうだな、お前も気づいていたか」

「はい、日本兵の竹田さんのことは新聞には全く記載されていませんでした」

「そうだったな……」

「なぜかと尋ねてみようと思いましたが、切り出せなかったです」

「ぼくもそうだった。でも尋ねないほうがいいとも思った」

「失礼な言い方ですが、渡名喜さんの証言の信憑性はどのぐらいあるのですかね」

「それは……、ジジュン、受け取る側の問題だ。記憶はどれも正しいとは言い難いが間違っているとも言えないだろう。七十三年の時間の中で、記憶は増殖もするし欠落もしていくはずだ。ぼくたちの記憶だってそうだ。記憶は信ずれば記録になり事実になる。信じなければ……、ただのおしゃべりだ」

「ぼくたちは、よい聞き手であり得たでしょうか」

「それは分からない。竹田さんのことを尋ねなかったのだから、よい聞き手ではなかったかもしれない」

「いや、尋ねなかったことが、よい聞き手であったと言えるかもしれません」

「そうだなあ……」

上原はハンドルを握りながら考える。戦後七十三年だ。もう十年もすれば、戦争体験者はほとんどいなくなってしまうだろう。記憶はどのように継承すればいいのだろうか……。

「でも、これが塚本教授の言っていた自明なことにするなということでしょうねえ」

ジジュンの言葉に上原はハンドルを握ったままでうなずく。

「私たちは耐えられるでしょうか？」

「何に？」

「体験者の証言にです」

「それは、次の課題だ。今は聞き続けるしかないだろう」

「そうですね」

「それが生きている者の使命だよ」

「上原さん、使命と言う言葉を今日はよく使いますね」

「そうか、気づかなかった」

上原が笑い声を発する。

「いえ、そのことを批難している訳ではありません。私もそう思います。聞き続けることが沖縄の祈りにも繋がるように思います。母国に帰ったら、ぼくも聞き取りを始めたいと思います。祖父や祖母の戦争体験を……、韓国の祈りを……」

上原は、ジジュンの言葉に咄嗟には言い継ぐことができなかった。

ジジュンと上原は、その後、日を改めて三人の戦争体験者の話を聞いた。一人は神谷清三さん。本島中部の八重島から石垣島まで飛行場建設に駆り出されたという。二人目は宮崎県へ疎開したという宮里ツルさん。そして三人目は南洋諸島の一つフィリピンで終戦を迎えたという山川キヨさんだ。

三人の証言は、やはり新聞の記事とはいくらか違う部分もあった。むしろ話す度に新たな記憶が蘇ってくるのではないかという気がした。

それだけに、記事との整合性は確かめないことにした。三度聞いたら三度違う証言がなされるかもしれない。七十三年も前の記憶だ。記憶は語る度に、様々な事実が付け加わってくるのだろう。

もちろん当人たちにとってはどの記憶も真実なんだろう。そんな風にも理解できた。どれもが真実だとして受け取ることにしよう。ジジュンも上原も苦笑を浮かべながらも、そう言い聞かせていた。しかし、ふと気がついた。

「ぼくたちは、死者の証言を聞くことはできない……」

「もっとも辛い体験をしたのは、死者たちだ」

二人は呆然として、その当たり前の事実に驚愕した。

7

喜屋武幸清(きゃんこうせい)さんの証言を聞いてみないかと言われたのは上原の兄からだった。上原が兄へ電話をして、戦争体験者の証言を直に聞いているが、だれか知り合いはいないかと尋ねたのがきっかけだった。兄はすぐに応えてくれた。

上原は四人姉弟である。二人の姉と一人の兄がいる。長姉は金武に嫁ぎ、次姉は久米島に嫁いだ。上原は教職の道を選んだが、年の離れた兄は大学卒業後県内の大手スーパーに就職した。大手スーパーに就職したと言うよりも、就職と同時にスーパーは上昇気流に乗って大きくなったと言った方が正しいだろう。大学卒のスーパーへの就職は重宝され、兄は今では管理職としての報酬をもらうまでになっている。

喜屋武幸清さんは、取引先の会社を経営しており親交がある。数年前から戦争体験を語り始めており、お前が証言を聞くには適任者であると思うので紹介したいということだった。

三人で宜野湾市のラグナガーデンホテルの最上階にある中華レストランで昼食を取り、静かな階のフロアに移ってテーブルを囲み、兄と二人で喜屋武さんの戦争体験を聞いた。

喜屋武さんは、過去に四つの新聞社の取材を受けたことがあるようで、そのときの掲載記事もコピーして資料として準備してくれていた。どちらも顔写真入りの大きな扱いの記事である。

一つは地元の新聞琉球新報社の特集記事の一つで一面掲載である（二〇〇九年六月二十三日慰霊の日）。二つめは毎日新聞（二〇一四年四月二十四日付）、三つめは読売新聞（二〇一七年七月十七日付）、さらに最も新しい四つめは朝日新聞（二〇一七年八月二十八日付）の記事だった。どの新聞にもショッキングな見出しが大きな文字で刻まれていた。一瞬心が重くなったが、意を決して喜屋武さんの了解を得てＩＣレコーダーのスイッチを押した。

喜屋武さんは静かに話し出した。時系列に沿った理路整然とした話だった。時々笑みを浮かべながらの落ち着いた話しぶりとは裏腹に、「生き残ったことが奇跡だ」と本人が言うように、内容は凄まじいものだった。

「私は昭和十三年、テニアンで生まれました。南洋にも戦争が迫ってきて、内地への引き揚げが始まりました。昭和十九年、祖父母と母と私を含めた子ども三人は、父をテニアンに残して神戸経由で沖縄へ引き揚げました。私が六歳、二人の弟は四歳と二歳だった。母は妹を身ごもっていた。私が生き残ったのは奇跡だ。私は何度も死に目に遭った」

「南洋からの引き揚げでは、前の船団はヤラレタけれど、私たちの船団は無事だった。一つめの奇跡。沖縄までも無事に到着することができた。二つめの奇跡だ」

「私たちは那覇の古波蔵(こはぐら)で居を構えた。やっと落ち着いたと思ったら、今度は十・十空襲に遭い那覇の街が焼けた。私たちの家も焼けた。おじいは長男である私の手を引いて普天間(ふてんま)の壕の方向へ逃げた。三度目の奇跡だ」

「那覇の人たちは、南部や北部へ避難を始めた。私たちは先祖の墓が首里の金城(きんじょう)町にあったのでそこに隠れて暫く様子を見ることにした。おじいの決断だ。岩を刳り抜いた墓だが、そこで生活を始めた。ハカナー（墓前の庭）は広かったのでそこで炊事などができた」

「偵察機も飛んで来た。また五時頃になると決まったように艦砲射撃が始まった。南風原の日本軍の陣地に向かっての砲撃のようだった」

「ある日、その一発がうなり声を上げて真上に飛んできて墓に命中した。岩の破片が飛び散った。おじいはぼくの上に覆い被さってぼくを助けてくれた。しかし、ぼくの額は岩の破片で切れて血が流れた。今もその傷跡が残っているよ（私たちにその傷跡を見せる）」

「おふくろは妹を生んでいたが、みんなで慌てて墓から逃げ出した。気がつくと、おばあがいない。戻っておばあを探すと、おばあは手足をもぎ取られて墓から三十メートルほど離れた崖下で死んでいた」

「墓から逃げ出して埃（ほこり）だらけ、煤（すす）だらけで近くの他人のハカナー（墓庭）でうずくまっていると、ラッキーなことに、たまたま友軍の軽機関車が通りかかってぼくたちを発見してくれた。その車に乗せられて南風原の壕まで連れて行かれた」

「南部へ逃げることにしたんだよ。夜が明けるとまた艦砲射撃が始まった。おばあを亡くし、私は額に傷を負っていたが、不思議なことに痛いとか苦しいとか寂しいとかの感情はなかった」

「南風原の病院壕も兵隊と避難民でいっぱいだったので、出て行かざるを得なかった。さらに南へ向かっての逃避行が始まった。おふくろは私と四歳の弟に、もんぺの裾を強く掴むようにと言い、二歳の弟をおんぶして、生まれたばかりの妹を胸に抱いた。両手には必要な家財道具を持った。おじいが重たい物を天秤棒で担いだ。だれも泣かなかった」

「米須に着くと一軒の空き家があった。ここで疲れを癒やした。朝、すぐに艦砲射撃が始まった。起きて背伸びをすると、ヒューというなり声と共に砲弾の破片が私の顎をかすめた。一ミリぐらいの傷で済んだが傍らの水甕に当たって、水甕はバーンと激しい音を立てて割れた。あと数センチ前進していたら私は弾をまともにくらって、私の首は吹っ飛んでいただろう。四度目の運の良さだ」

「暫くして、飛行機が飛んで来て機銃掃射が始まった。庭にいたおじいがバタンと倒れた。機銃掃射でおじいが死んだ」

「それから、どうするか。女、子どもだけの五人になった。迷っているところに、たまたま家の前を親戚のおばさん家族が通りかかった。おばさんは十五歳のお兄ちゃんと十三歳の女の子を連れていた。おふくろは私たち四人の子どもたちを引き連れて、そのおばさん家族と一緒にさらに南へ逃げることを決断した。十五歳のお兄ちゃんは頼もしい父親代わりだった」

「福木に囲まれた大きな屋敷が目についた。母屋はすでに多くの避難民に占拠されていた。庭には家畜小屋らしき小屋が三つ建てられていてそのうちの一つにかろうじて八名が横になれるスペースがあった。私たちはそこで休ませてもらおうと思って小屋の片隅に身体を横たえた」

「おばさんが四歳の弟を手枕にして寝かせてくれた。おふくろは小さい弟と生まれたばかりの妹の世話で手一杯だった。すると夜中に焼夷弾が落ちたんだ。一瞬にして阿鼻叫喚の地獄絵になった。母屋は一気に燃え上がった。私の顔も血だらけだった」

「しかし、私はどこも怪我していなかった。おばさんの腕がもぎれそうになって血が噴き出して私の顔にかかった血だった。おばさんの娘さんは即死だった」

「さあ、早く逃げようと言うと、おばさんはワンネーヒンギランドー（私は逃げないよ）、娘の死体を置いて逃げることはできないよと、泣き叫んだ」

「十五歳の息子がおばさんを懸命に説得して引き摺るようにして逃げた。私もおばさんのぶらぶら揺れる腕を支えた。おばさんの傍らで寝ていた弟は命拾いをした。弟の手を引いて走った。暫くして壕が見つかり、その壕の中に避難したが、おばさんは間もなくしてその壕の中で出血多量で亡くなった。おふくろとおばさんの息子との二人で遺体を壕の外に出して草むらの中に葬ったはずだ」

「食糧探しには、おふくろとその息子が壕の外に出て行くのだが、その間、私が幼い弟と妹を壕の中で見守った。おふくろたちはひょっとしてもう戻って来ないいんじゃないかと思って、不安で不安でしょうがなかった」

「翌日、近くの丘の方から米兵の声が聞こえた。米兵の姿も見えた。ここは危ない。ヒンギラ、ヒンギラ（逃げよう、逃げよう）と言って、壕を出た。今の摩文仁の海岸辺りに向かった。道端には死体がたくさん転がっていた」

「私は思うんだが、米兵たちはぼくらの姿を見ていたはずだ。でも発砲しなかった。女、子どもだけだったからと思うんだが、米兵はむやみに人を殺さなかったんじゃないかな。私は何度も死に目に遭った。死ななかったのは運が強いと思っていたけれど、そういうこともあったかもしれない」

「でも最後に悲劇が待っていた。避難壕が見つかったのでそこに入ろうとすると、日本兵が銃を突きつけてこう言うんだ。子どもを連れた人は駄目だ。子どもが泣いたら米兵に見つかる。そう言われて押し返された。壕の中には住民と兵隊が合わせて二十名ほどいた。おふくろは何度もお願いしたが駄目だった。やがておふくろは上の二人の子は泣きませんからお願いしますと言って、下の幼い二人の弟、妹を連れてどこかへ行ってしまった。そして……、おふくろは一人だけで戻って来た……」

「それから暫くして外に子どもの気配がした。おふくろはまた出て行った。母ちゃん、母ちゃんと、呼ぶ声がしたんだ。置き去りにされた弟が、這うようにして追いかけて来たんだ。それに気づいておふくろはまた出て行ったんだ。そして……、また一人で戻って来た」

「ぼくは何が起こったか、大体、察しがついた……」

「おふくろは、どのようにして二人の子どもを言い含めたんだろうか……。おふくろの気持ちを想像すると苦しかった。おふくろは、ぼくの百倍も苦しかっただろう。壕の中にいる長男であるぼくを、なんとか守ろうとしておふくろは戻って来たんだ。二人の子どもはどうしたのだろう……。もっと遠いところに置き去りにしてきたのかもしれない。すぐに戻って来るよと、おふくろに言われても、三歳になる弟はもう信じなかったと思う。それとも……」

「壕の入り口を石で塞いで二日ぐらい経ったころ、出テコイ、出テコイ、という米兵の声が聞こえた。ぼくはすぐに壕を飛び出した。おふくろもすぐ後について出てきた。二人の弟妹のことも気になっていたからだと思う。壕の外では二世のアメリカ兵が銃を構えて立っていた。笑顔でぼくを抱きかかえて、自分の水筒の水を飲ませてくれた。命の水の美味しかったこと、今でも忘れられないよ」

「ぼくの命の恩人はアメリカ兵だ。ヤマトゥの兵隊は真逆な対応をした。アメリカ兵は鬼畜米英ではなく命の恩人なんだよ」

「ぼくは長くこの体験を語らなかった。もっと早くに語っていたら、あの時の命の恩人である米兵を探していたと思う。本当に有り難かった。神様のように見えた」

「それから十年間、おふくろはこのことをだれにも語ることなく、ぼくが中学三年生の時に亡くなった。ぼくも、弟妹はどうしたのかとは聞けなかった」

「だから……、なんというかな……（長い沈黙）」

「あのころは、なんというかな、ぼくらが壕に逃げたころには戦争はもう終わっていたと思うよ。壕の中で子どもが泣いても、アメリカ兵は殺さなかったんじゃないかな。むしろ助けたと思うよ……」

「二人の弟、妹のその後は分からない。弟、妹のことは、おふくろにも聞けなかった」

「父親は生きて帰って来た。テニアンで防衛隊員として召集されたんだが運良く生きて帰って来たんだ。そして、子どももできた。このことは、よかったと思う……」

「おふくろが、二人の弟、妹のことを親父に話したかどうかは分からない。ぼくは、だれにも絶対に話さなかった。話さないことが親孝行になると思った。ぼくは徹底して親孝行をしたんだ。思い出すと、おふくろの気持ちを考えると涙が出た。声が出なかった」

「二人の弟と妹は……、餓死したか、アメリカ兵に救われたか、孤児施設に入れられたか、それとも……、どうなったか分からない。今となっては調べようがない。おふくろも黙っていたからな。日本政府も沖縄の孤児のことについては関わろうとしなかった」

「数年前から、ぼくはこの体験を話しているが、死んだおふくろが話しなさい、戦争は二度と起こしてはいけないよ、平和な世の中を作るために話しなさいと言っているような気がして、この歳になって真実を話し始めているんだ。戦争は被害者にも加害者にも地獄ですよ」

「沖縄は今もとことん差別されています。沖縄は独立すべきだった。戦後は、復帰、復帰と日本復帰へみんなが靡き過ぎたんだ。沖縄の現状を考えると、独立しなかったのは残念でしょうがない」

「辺野古に新基地を造らせては絶対駄目ですよ。ヤーサシン、チムグクルヤシティンナ（ひもじくしても心まで捨てるな）という沖縄のことわざがありますよ。今は戦争を知らないゆえに平和呆けしているんだ。沖縄こそが世界平和の発信地になるべきだ。国連を沖縄に持ってくるぐらいの心意気を持つべきだ」

「ぼくは、ずーっと沈黙してきたが、この体験を語ることで平和な世の中になるのに少しでも役立つと思うから話しているんだ。おふくろがそうしなさいと言っているんだよ……。二度と私のような苦しみは、だれにも与えないで欲しいと、言っているような気がするんだよ……」と言った。

　喜屋武幸清さんの言葉は優しく、そして厳しかった。しかし、あくまで冷静に話し続けていた。時々は微笑を浮かべているようにも見えた。そして、時々は「ぼく」と言い、時々は「私」と言った。

　喜屋武幸清さんは、「私が生きているのは奇跡だ」と何度も言った。私も不遜な感慨だがそのとおりだと思った。喜屋武さんの話から奇跡を思い出して数えてみた。奇跡以上の奇跡に思えた。戦場を生き延びるとは、そういうことなんだと思った。

喜屋武さんは戦後ハワイ留学の経験もある。日本復帰の年の一九七二年にはハワイで学んでいた。沖縄の日本復帰に伴い、旧米国民政府発行の身分証明書を日本政府発行の旅券に切り替える際の手数料を巡り当時の県出身ハワイ留学生らが免除を求めて直訴した。金銭の問題でなく権利の問題だと訴えて免除を勝ち取った。この運動の先頭に立ったのが喜屋武幸清さんだ。戦争でからくも生き延びた貴重な人材の一人だった。

喜屋武さんの顔を眺めた。喜屋武さんには、母親の顔が見えているのかもしれない。私も必死に死者たちの姿を思い浮かべ、死者たちの声に耳を傾けた。

8

上原らと一緒にやって来た辺野古(へのこ)の海は静かだった。だが何かを語りかけているようでもあった。ジジュンは思わず胸が熱くなった。人々の様々な思いに辺野古の海はじっと耐えている。防波堤で囲まれた漁港は凪(な)いでいて波一つ立てていなかった。それが却(かえ)って自然の力の雄大さを感じさせる。永遠の力だ。

漁船が三隻、岸壁に繋がれている。全く揺れる様子は見られなかった。漁師が一人、漁船の上で腰を曲げて何か作業をしている。出港の準備だろうか。それとも帰港したばかりなのだろうか。

遠くに水平線を見て、近くに漁船を見ながらしばらく佇んだ。それから湾岸沿いに歩き基地と漁港とを隔てている護岸の前に立った。護岸の向こう側には白い砂浜が広がっている。そこから百メートルほど先にフェンスが見える。フェンスの先が米軍基地辺野古だ。無残な境界を持ったキャンプ・シュワブだ。

フェンスに向かって右手の海には海上保安庁の警備船だろうか。三隻ほどが周りを監視するように並んで陸地を睨んでいる。陸地には高く聳えたクレーンの舳先が見える。赤く塗った舳先はかすんでいるが動いている。土砂での埋め立て作業が続いているのだろうか。目前の砂浜に寄せる波は小さく寄せ返している。それでも、やはり静かだ。辺野古の海は泣いているのだろうか。泣かないために目を閉ざしているのだろうか。それとも目を閉ざしているのはぼくらなのだろうか……。

上原は次のように言ってジジュンを辺野古の海に誘った。

「やはり、辺野古へ行ってみよう。ぼくは一度は座り込みに参加したいと思う。座り込みをしている人々のことを考えると、目頭が熱くなってウルウルしてくる。感情で辺野古を考えるな、歴史の尺度で考えろ、と言い聞かせているんだけど……。人を行動に駆り立てるのは文学よりも歴史の力なのかなあとも思う。でも……、いずれにしろ、辺野古の海にはたくさんの言葉が沈んでいるように思う。辺野古の土地にも言葉が埋まっているはずだ。また、座り込みをしている人々の心にも、政治に負けない言葉が息づいているように思う。それを感じたいんだ。確かめたい気もするんだ……」

上原の誘いにジジュンはうなずいた。そして、ジジュンはボーミックを誘った。ボーミックは斉藤洋子を誘った。上原は更に院生室の具志堅学を誘ったが、具志堅には断られた。

「俺は辺野古新基地建設に賛成だ。普天間基地の撤去には、日本政府が言っているように辺野古の新基地建設が必要だと思う。それが唯一の解決策だ。単純な道理だ。沖縄は日本でないからな。それを受け入れるほかに仕方がないさ」

具志堅はそう言って、上原に挑むように返事をした。上原は議論を避けた。比嘉友也を見たが、比嘉も首を横に振った。比嘉は歴史の力の大きさについて熱弁を振るったことがあったが辺野古新基地の建設には賛成なのだろうか。

具志堅と比嘉の対応に、沖縄の人々のねじれた複雑な思いを見たような気がした。この院生室でもオール沖縄ではないのだ。上原は苦笑を噛み殺した。

国吉貴子にも声を掛けたが辺野古新基地建設には反対だが、基地の前に座るのは怖いから、と一緒に行くことを断られた。

ボーミックと斉藤も辺野古新基地建設に反対と意思表示をしたわけではなかった。辺野古に行ってみたいと言っただけだ。ジジュンと上原は互いに顔を見合わせて互いの思念を分かち合うように苦笑した。

上原の運転する自家用車で、四人は一緒に辺野古に向かった。港の近くの空き地に自家用車を止め、まず海を眺め、それから町を突っ切って坂道を上り、県道十三号線に出る。国道三二九号と一部重複すると聞いたことがあるが、どこからどこまでが県道で、どこからどこまでが国道かはよくは分からない。

ボーミックと斉藤洋子は、辺野古の海を眺め、感慨を深くしているようであるが、二人ともあまり口を開かない。上原もジジュンもそうだ。なんだか息が詰まりそうだ。

辺野古の町を背にして坂道を登り尽きたところで北部一帯を貫く幹道にさしかかる。左右に基地を囲むフェンスが見える。右手のフェンス沿いに百メートルほど歩くと基地のゲートがある。その向かい側にはバラックのような粗末なテント小屋が並んでいる。強い日差しや雨を避けるためのテント小屋なのだろう。腰掛けやベンチが持ち込まれている。が、そこには人影は見えない。目を凝らすと反対側の路肩に抗議する人々が座り込んで集会を開いている。ちょうどゲートの前だ。ジジュンにも上原にも緊張が走る。たぶん、ボーミックも斉藤も同じだろう。

平日だが座り込んでいる人々は百名ほどいたように思う。その背後には、多くの機動隊員が基地を守るようにフェンスの前に仁王立ちになって並んでいる。機動隊の前に押しやられるように集団は一塊になって座っている。

その光景を見て四人は一瞬たじろいだ。「座り込むのは怖い」と言った国吉貴子の顔が浮かんでくる。不安になって顔を見合わせた。座り込むことを止めて、遠くから見守っていようか、と思ったが、座り込んでいる集団から手招きされた。

ボーミックが意を決したように先頭になって歩き出す。ジジュンも上原も、斉藤もその後ろについて行く。集団は四人に座る場所を空けてくれて再びスクラムを組む。

やがて、何人かがマイクを握り、自己紹介をして新基地建設反対の決意を述べる。決意表明は強いられたものではなく、自然発生的なもののようだ。だれもが必死に新基地建設の不合理性、基地が戦争に繋がる危険性を懸命に訴える。涙ながらに沖縄戦での肉親の死を話す参加者もいる。四人の心にも熱い思いが沸き起こる。演説が終了する度に拍手が起きる。四人も一緒に拍手をする。やがて不安も払拭され心も落ち着いてきた。周りを見回す余裕も出てきた。

二〇一八年十一月二十日の辺野古の空は高く青い。その空の下でジジュンらを含めた百名余の老若男女の人々が、戦争に繋がる基地建設に反対して必死に平和を訴えているのだ。

空は世界に繋がっているか。ジジュンはふと思う。ここに座り込んでいる人々こそが最もよき人々ではないかと。皺寄った老いた顔、決意を滲ませた優しい顔、だれもが人間の尊厳を高く掲げている。言葉が顔に、その存在に刻まれている。上原を見る。上原は心に届く言葉を拾っただろうか。

どこからか小さな歌声が流れてくる。労働歌ではない。土地の歌だ。沖縄民謡の「てぃんさぐの花」だ。みんなの顔が笑顔でほころぶ。やがてその歌をみんなが大きく口ずさむ。

一　てぃんさぐぬ花や爪先に染みてぃ　親ぬゆしぐとぅ（遺言）や肝（チム）に染みり

二　天ん群星（ムリブシ）や読みば読まりしが　親ぬゆしぐとぅや読みやならぬ

三　夜走らす船や子（ニ）ぬ方星（ファブシ）目当てぃ　我ん生（ナ）ちぇる親や我んどぅ目当てぃ

……

「この歌、何番まであるの」

斉藤が口ずさみながら上原に尋ねる。

「たしか十番までは、ぼくも聞いたことがある……。でも、もっとあるかもしれない。歌詞は自然発生的にだれかが作ってみんなが口ずさんでいるはずだ」

歌が途切れたところで腕を組んだ隣りの老人がジジュンに話しかける。

「どこから来たか？」

「那覇からです」

「那覇はどこか」

「大学」

「大学？　大学は休みか？」

「大学の院生だから、わりと自由が利く」

「インセイ？」

「イン。はい、そうです」

「そうか。インセイって何をしているのか？」

「大学院です。勉強をしています」

「勉強は好きか？」

「はい」

「そうか、頑張りなさいよ」

「はい」

そこで会話は途切れる。老人は顔を上げたまま正面を見つめている。ジジュンが韓国からの留学生であることには気づかない。隣の上原にジジュンはどうしたらいいかと助けを求める視線を送るが、上原は取り合わない。

スクラムは老人の左隣りに、ジジュン、上原、ボーミック、斉藤、そして、頬被りをしたおばあちゃんの順で横に並び肩を寄せ合っている。背後にも数十人の人々が肩を寄せ合っている。

「沖縄は、日本か？」

突然、また老人がジジュンに問いかける。ジジュンが答える前に自分で答える。

「日本だと考えない方がいい。ここに座っていると、このことがよく分かる。国際的には日本とされているが、政治の上では日本ではない。安保条約は憲法より上で、沖縄は日本の盾になる植民地だ。ワッターンチュ（私たち）にとっても沖縄の痛みを感じることのできない日本は祖国ではない。ウチナーンチュはウチナーンチュでしかない。ワッターはそのことにもっと早く気づけばよかった」

「沖縄は日本でないと考えると、ここで起こっていることは、みんな辻褄が合うんだ。沖縄の戦後の歴史も辻褄が合う」

「でも……」

ジジュンには、その次に続く言葉が探せない。

「辻褄を合わせていいかどうか、それはイッター（お前たち）若い者が考えなさい。考えることをやめたら沖縄がなくなるよ」

ジジュンの隣で上原が顔をこわばらせる。

「難しい問題だね」

上原が緊張しながらつぶやく。

「沖縄はいつも難しい問題を問われているよ」

老人が笑みを浮かべながら上原の言葉に答える。そして続けて言う。

「アイ（あれ）、そうだろう。沖縄はいつも難しい問題だらけさ。それでも、ウチナーンチュはへこたれずに頑張ってきたよ。おじいはウチナーンチュであることに誇りを持っているよ。グソー（あの世）に行ったらウヤファーフジ（先祖）に沖縄のことを報告せんといけないからな。ウヤファーフジもここに来て座っているはずよ。沖縄戦で亡くなったマブイ（魂）もみんな来て座っているはずよ。負キテーナランドー（負けてはいけないよ）と、いってね」

老人は自分に言い聞かせるようにうなずきながら話している。

上原が、老人に言う。

「この男はジジュンと言って、韓国から沖縄のことを勉強しに来たんだよ」

「ええ、アンヤミ（そうなのか）。韓国人も戦争中は苦労したからな……」

「おじいは、いくつなの？」

「トーカチユーエー（米寿祝い）は去年終わった。もう思い残すことはないさ。いや一つある。この辺野古に新基地を造らせたら、ご先祖にも、クゥワマーガ（子孫）にも申し訳ない。復帰前はアメリカーに抗議したんだが、今は日本政府に抗議するのが、とても悲しいよ」

突然、周りが騒然としてきた。大声で怒声が飛び交う。ジジュンにも上原にも何が起こったか分からない。

　よく見ると機動隊員が動き出したようだ。制服を着た機動隊員が目の前にやって来て座り込んでいる市民を担ぎ上げて排除しだした。

　老人が、声を荒げてジジュンたちに言う。

「ダンプがやって来るんだ。しっかり腕を組め！」

　リーダーらしい男がマイクを握って大声を上げる。

「ダンプが来るぞ！　しっかりスクラムを組め！」

「辺野古新基地建設反対！　土砂導入反対！」

「我々は負けないぞ！　我々は闘うぞ！」

「義兄(ニイ)さんだ！」

　上原の姉のご主人の伊波忠信(いはただのぶ)さんだ。忠信さんが辺野古の新基地建設反対闘争に関わっていることは知っていた。忠信さんが一瞬上原を認めて手を挙げたような気がした。が、忠信さんは機動隊に取り囲まれ、もみくちゃにされている。

　ゲート前に座り込んでいた抗議団のごぼう抜きが始まった。

「やめてよ！」

　端に座っていた斉藤洋子の悲鳴が聞こえた。

ジジュンの隣の老人の前にも機動隊員が立ちふさがる。両手両腕を捕まえられる。ジジュンが必死で老人の腕を捕まえ阻止しようとするがジジュンもはねのけられる。老人が大声を上げる。

「ええっ！　ヤミレー(やめろ！)。イッターヤ(お前たちは)恥んネーランな(恥はないのか)。ヤミレー（やめろ！)」

その老人を機動隊員が三人がかりで掴み上げる。

あちらこちらで怒声と悲鳴が上がる。

悲鳴の中をダンプの隊列が轟音を上げながら目前に現れた。まるで戦車だ。

「暴力反対！」「新基地建設反対！」「助けて！」

「何するのよ！」

斉藤洋子の悲鳴がまた聞こえる。斉藤洋子が担ぎ上げられた。ボーミックが機動隊員に必死にしがみつく。ボーミックの顔面に機動隊員の肘が当たる。ボーミックが倒れてうずくまる。おじいは、いない。ジジュンと上原が這うようにして斉藤洋子の元へ助けに行く。必死に取り戻そうとするが足蹴にされて振り払われる。

座り込んでいた抗議団の固まりが瞬く間に排除される。抗議団の二倍にも三倍にも膨らんだ重装備の若い機動隊員だ。土砂を積んだダンプカーが、その隊列に守られて轟音を上げながら次々と基地の中に入っていく。

「やめてぇ！」「県民の声を聞け！」「民意を尊重しろ！」

あちらこちらから必死の叫び声が上がる。担がれても意志は萎えないのだ。折り重なって這いつくばったジジュンや上原の目にも、次々と基地の中へ入っていくダンプカーの姿がはっきりと目に入った。

一時間ほど経っただろうか。抗議団を排除して最後のダンプカーが入り終えたところで、機動隊員は隊列を解いた。蹴散らされていた抗議団がまた一塊になって抗議の声を上げ始める。その中に忠信さんの姿はもう見えない。

排除された斉藤洋子のことが心配になり、周りの人たちにその行方を尋ねるが分からない。どこへ連れ去られたのか……。

「こんな風にして、一人、二人と去って行くんだよ」

中年のおばさんの言葉にボーミックもジジュンも上原も動揺する。斉藤洋子を取り戻すために、どうしたらいいのか、何をすればいいのか。判断がつかない。不安が大きくなる。

そんなとき、遠くから歩道を歩いて来る斉藤洋子の姿が目に入った。三人ともほっと胸を撫で下ろす。ボーミックが小走りになり、隊列を離れて迎えに行く。

斉藤洋子がみんなの前で涙声になりながら、小さな声で説明する。

「護送車に乗せられた。どこかに連れて行くんだろうと思っていると、護送車は動くことなく、やがて扉が開けられて釈放された」

斉藤洋子が大きなため息を一ついたあとで言い続ける。

「護送車の中でずっと考えていた。これはナイチャー（本土の人）である私への天罰だと思った」

斉藤洋子は涙を溜めていた。ボーミックが近づいて肩を抱く。

「洋子、私も同じよ。肘打ちを食らったけれど、アメリカ国籍を持つ者はみんな平手打ちを受けるべきだわ。私は機動隊員から肘打ちを食らったけれど、沖縄県民からでなかったのが残念ね」

ボーミックの言葉にみんなが戸惑った。ホンネなのか冗談なのか分からない。斉藤洋子は戸惑いながらも背の高いボーミックに抱きついていた。

9

「上原さん、ぼく、とてもビックリですよ」

ジジュンが上原の所へやって来て地元新聞の記事を見せた。とても興奮した様子で話し出す。

「大学の図書館で検索していたら見つかったんです。思わずコピーしました。二〇一六年、ジョギング中の女性が米軍属に暴行され殺された事件の特集記事です。ぼくが来沖する一年前です」

上原もパソコンに向かっていた手を休め、ジジュンが差し出したコピーを広げ見る。8頁にもわたる大特集だ。カラー頁でイラストや写真を使用した記事は分かりやすい。上原も思わず紙面に釘付けになる。

【資料1　奪われた命と尊厳620人超ー米軍関係者による「強姦殺人」「殺人」「交通死亡」「強姦被害者」】（出典：沖縄タイムス。2016年6月18日　沖縄特集4～5面より）

※（引用者注：イラストで示されたものを数字に変換して示す）

※付記：米軍関係者による殺人や強姦、強盗、窃盗、傷害など身勝手な事件や事故は、戦後から現在まで数え切れないほど繰り返されてきた。

なかでも、1945年以降に発生した「強姦殺人」「殺人」「交通死亡事故」「強姦」の県民の命と尊厳を奪う理不尽な事件事故での犠牲者は、県や民間団体の資料、文献などで確認できるだけでも、強姦殺人事件22人、殺人事件75人、交通死亡事故202人、強姦（未遂含む）321人、生後9か月の乳児から高齢者まで、少なくとも620人が犠牲になった。

資料１　奪われた命と尊厳６２０人超

市町村名	強姦殺人	殺人	交通死亡	強姦(未遂含む)	合計
伊江村		1	3	1	5
本部町		1	4	6	11
金武町	2	9	9	9	29
国頭村					2
大宜味村				3	3
東村		2	2		4
今帰仁村			1		1
名護市	1	3	5	10	19
宜野座村			3	5	8
恩納村			3	1	4
うるま市	2	7	28	45	82
嘉手納町	1	1	10	4	16
沖縄市	10	14	18	42	84
読谷村	2	2	6	14	24
北谷町	1	2	7	10	20
浦添市		4	1	13	30
那覇市	1	10	13	69	109
豊見城市		2	29	2	8
糸満市		1	4	3	7
西原町		1	3	3	6
与那原町			2		6
南風原町			6	9	9
八重瀬町				3	3
宜野湾市	2	4	13	19	38
南城市		2	1	6	9
北中城村		4	11	4	19
中城村			4	9	9
石垣市				2	2
伊平屋村		1			1
粟国村		1			1
発生地不明・北部				4	4
発生地不明・中部			7	2	9
発生地不明・南部				3	3
発生地不明		3	8	24	35

人口の多い那覇市や、米軍基地が隣接する中北部に集中。泣き寝入りや発覚していない事件も多く、表に出ている数は氷山の一角とされる。（以下略）

【資料2 「不平等」な地位協定 2000年に県がまとめた日米地位協定の改正項目とその後の対応（出典：沖縄タイムス 2016年6月18日 沖縄特集6面より）

※付記1：米軍の日本駐留に関する法の取り扱いを定める「日米地位協定」。1960年の制定以降、米軍優位の「不平等協定」として沖縄側は抜本的な改定を求め続けてきた。だが56年間一度も改定はされず、日米両政府は運用を見直す「改善」だけで取り繕ってきた。米軍人・軍属に与えられた「特権」が戦後の悲惨な事件・事故の温床との声も強い。日米地位協定が抱える主な問題点をまとめた。

※付記2：刑事裁判権―身柄引き渡し米に裁量

多くの問題点がある地位協定の中で、米軍人の事件・事故のたびに改訂を求める声が上がるのが刑事裁判権を定めた17条だ。

同条は、米軍人・軍属が公務中に起こした犯罪は米国に、公務外の場合は日本にそれぞれ第1次裁判権があると規定している。だが、公務外で米側が現場に先着して逮捕するなど、米軍人・軍属の身柄が米側にあれば原則、起訴されるまでは米側の手元に置かれる。（以下略）

※付記3：基地管理権―国内法除外夜間に訓練

米軍基地は日本国内にあるが、第3条で米軍の「排他的管理権」を認めている。日本側の基地内への立ち入りや米軍への日本国内法の適用を除外する「米軍特権」の根拠条文だ。

米軍基地内で事件・事故が発生した際に県や市町村が環境などを調査するために基地内への立ち入

資料２　「不平等」な地位協定

<table>
<tr><th></th><th>関　連
条項</th><th>要請内容</th><th></th><th>回答</th></tr>
<tr><td>1</td><td>２条</td><td>基地の提供・運用、返還への地方自治体の意向の反映、基地使用の範囲・目的・条件の明記</td><td>→</td><td>変更なし</td></tr>
<tr><td>2</td><td>３条</td><td>地方自治体の基地内への立ち入り、事件事故発生時の通報、国内法の適用</td><td>→</td><td>変更なし</td></tr>
<tr><td>3</td><td>３条</td><td>環境保全への国内法適用。環境汚染への米国の責任明確化と原状回復</td><td rowspan="2">→</td><td rowspan="2">環境補足協定を結んだが国内法の適用や原状回復の義務化などは盛り込まれず</td></tr>
<tr><td>4</td><td>４条</td><td>返還時の環境汚染、不発弾処理などの共同調査と現状回復措置</td></tr>
<tr><td>5</td><td>５条</td><td>米軍の民間空港、港湾の緊急時以外の使用禁止</td><td>→</td><td>変更なし</td></tr>
<tr><td>6</td><td>９条</td><td>人、動物、植物への検疫と保健衛生への国内法適用</td><td>→</td><td>変更なし</td></tr>
<tr><td>7</td><td>13 条</td><td>軍人、軍属、家族の自家用車の民間車両と同率の自動車税課税</td><td>→</td><td>変更なし</td></tr>
<tr><td>8</td><td>15 条</td><td>日本人のゴルフ場使用やセスナ機搭乗など施設・区域内での役割、施設利用の制限</td><td>→</td><td>変更なし</td></tr>
<tr><td>9</td><td>17 条</td><td>起訴前の身柄の引き渡し</td><td>→</td><td>運用の改善で合意したが米側の「好意的考慮」に委ねられる</td></tr>
<tr><td>10</td><td>18 条</td><td>公務外の軍人、軍属らの事件事故の際、損害賠償額の日米両政府の補てん</td><td>→</td><td>変更なし</td></tr>
<tr><td>11</td><td>25 条</td><td>日米合同委員会の合意事項の速やかな公表</td><td>→</td><td>変更なし</td></tr>
</table>

りを求める。だが、米側はこの排他的管理権を盾に、なかなか認めないのが現状だ。

２０１３年８月、米空軍ヘリが宜野座村のキャンプ・ハンセン内に墜落、炎上した。現場近くは住民の取水地で、村は取水を停止し、立ち入り調査を求めた。

だが、米側が立ち入りを認めたのは４か月後の１２月。県が土壌採取を目的に立ち入ることができたのは翌年の３月だ。県は「地方公共団体が求める速やかな立ち入りができているとは言い難い」と問題視している。（以下略）

※

新聞を広げ見ていたジジュンが言う。

「上原さん、これだけではないですよ。県のＨＰを見ると統計データはいっぱい出てきます。みんな信じられない数字です」

上原は、ジジュンに言われたとおり、すぐに机の前のパソコンで県のＨＰを開いてみた。ジジュンが言うとおり驚くべきデータが次々と捲られる。基地関係事件事故数の推移、復帰後の米軍航空機事故の発生状況、米軍関係者が第一当事者の交通事故発生状況、米軍演習による原野火災など、本当に驚くべき数字が並んでいる。その一つは次の資料だ。

【資料３　米軍構成員等事件（人数）（出典：沖縄県ＨＰ／２０１９年）

資料３　米軍構成員等事件（人数）

	凶悪犯	粗暴犯	窃盗犯	知能犯	風俗犯	その他	計
平成 10	6	8	21	3	2	6	46
11	4	7	31	4	1	12	59
12	4	7	38	0	2	16	67
13	4	7	41	3	2	15	72
14	4	10	45	7	2	32	100
15	12	13	62	8	4	34	133
16	1	11	29	5	3	23	72
17	4	7	28	5	1	20	65
18	5	12	27	5	0	14	63
19	6	3	25	3	0	9	46
20	13	6	15	5	1	23	63
21	4	15	17	1	0	13	50
22	5	9	31	4	2	20	71
23	6	3	16	0	0	26	51
24	2	6	19	1	3	23	54
25	0	7	20	0	1	10	38
26	1	4	14	0	1	7	27
27	4	9	20	0	0	9	42
28	2	7	15	0	0	4	28
29	4	8	16	3	2	3	36

上原は驚いた。ジジュンに顔を向けるとジジュンが無言でうなずく。県のＨＰには復帰した昭和４７年からのデータが示されていて、平成２９年までの総計は5、８７9件になる。毎年１２７件余の事件が起こっていることになる。ここでは平成期の二十年間の数字を示したが、これでも激減したと言えるのだろうか。復帰前、復帰直後はもっと多いはずだ。終戦直後はさらに多いだろう。基地被害を自明なこととしていた自分を恥じ入った。

上原は再び新聞に目を移す。第1面は、「在日米軍施設の負担　沖縄県は７４・4パーセント」の見出しが飛び込んで来る。沖縄県の国土面積は日本国全体の０・６パーセント。そこに基地が集中し県民の不安や脅威になっていることが記されている。

第2面は「米軍基地なぜ沖縄に集中か」、第3面は「海兵隊役割、国と県対立」、朝鮮半島有事に備えるなら沖縄より九州のほうがずっと近いという県の主張、4面5面は「奪われた命と尊厳６２０人超」、第6面は「不平等な地位協定」、第7面は「米軍関係凶悪犯　県人比の3、5倍に」、第8面は「県民大会　沖縄は訴える」として１９５６年の「軍用地一括買い上げに怒り」「国土を一坪も米国に売り渡さない」とした県民大会から、２０１5年5月の「辺野古新基地建設反対」の県民大会まで六つの県民大会の様子が当時の写真入りで紹介されている。

沖縄に生まれ、沖縄で育った上原も、さすがに沖縄の踏みにじられた歴史に愕然とする。ジジュンと顔を見合わせ、紙面と画面を交互に見ながら、しばらく言葉を探せない。やがて上原がつぶやいた。

「米軍基地は世界のあらゆる場所にあるというが、この惨状は沖縄だけが特別なんだろうか」

「特別だと思います。日米の地位協定は不平等協定だと言われていますから……。他国ではこんな不平等協定は結んでいないと聞いています」

「うん……、どうして日本政府は改訂を求めないんだろうねえ」

「分かりません。が、やっぱり、沖縄は日本国民には入ってないんでしょうか」

「そんなことはないさ。そんなことは、ないと思うよ……」

ジジュンの返答に上原が少し声を荒げるが、尻すぼみになる。

「韓国も調べてみようかな」

ジジュンがそう言って、新聞を畳む。

「やることが多過ぎます。沖縄を調べていくと、日本の国の矛盾が溢れています。日本の国の政治の傲慢さも溢れています」

ジジュンが感想を述べて一度背中を向けて自らの机の前に座る。

上原はジジュンの傍らから再びつぶやくように言う。

「ジジュン、金武(きん)に行ってみようか。金武にはキャンプ・ハンセンがある。そこにぼくの姉夫婦が住んでいる。義兄は辺野古新基地建設に反対しているリーダーの一人だ。いろいろと話が聞けるかも知れない」

上原の言葉に、ジジュンが大きくうなずいた。

上原が姉邦子（くにこ）の家に電話をすると、義兄の伊波忠信が出た。訪問の意向を告げると大歓迎するとの返事がきた。ただし、訪問は夜にしてくれという。昼間は、ほぼ毎日辺野古だということだった。上原はそれでもいいとお願いした。

ジジュンと示し合わせて真栄原でジジュンを拾い、高速道路で行くことにした。高速では40分ほどで金武町に着く。

上原は真栄原から自家用車で五分ほどの距離にある嘉数（かかず）に住んでいる。ジジュンと二人で出かけるときには何かと都合がよかった。

義兄の伊波忠信は笑みを浮かべて二人を迎えてくれた。ジジュンを紹介すると笑顔で言った。

「この前は大変だったたな」

「えっ？」

「二人とも、ごぼう抜きにされたんだろう」

「あれ、知っていたんですか」

「そうさ。見ていたたよ。ああいうことはよく起こる。でも、驚いただろう」

「ええ……」

「ところで、一緒に参加していたあの二人の女性は今日は来なかったのか？」

「ええ、今日は忙しいということで都合がつきませんでした。ジジュンと二人だけで来ました」

「そうか、研究室だけでなく、たまには現場に出てみるのもいいだろう。お前が頑張って大学院で勉強していることは、邦子から聞いている。頑張れよ。詩も書き続けているのか？」

伊波忠信は数年前、上原が郷土の高名な詩人の名を冠した文学賞を受賞したとき、お祝いに駆けつけてくれた。上原は感謝しながらそのことを思い出した。

「ええ、なんとか……、でもなかなか書けなくなってしまって」

「そうか……、ジジュンくんは何を専門にしているんだ」

「ぼくも沖縄文学です。沖縄の戦後の文学から、文学の力や文学の社会的な役割を考えてみたいと思い沖縄に来ました。韓国と沖縄は似ているところがあるので沖縄文学に興味を持ちました。祖父が沖縄で働いていたそうです」

「ええっ、そうなの？　祖父が働いていたの？」

「ええ、戦時中に日本軍に駆り出されたんです。祖父も私も韓国全羅北道益山（イクサン）市の生まれです。私が生まれたころは祖父はすでに亡くなっていました。しかし、父がよく祖父の話をしてくれました。祖父は、日本本土で働いた後、沖縄へ渡った。沖縄の人々、みんな親切。生きて韓国に帰れたの、沖縄の人々の親切のおかげだって。だから、沖縄のこと、とても興味がありました。小学生のころから日本語学校に通いました。大学でも日本語学科に入学しました。日本語を学ぶのは、結局は沖縄を学ぶためであったような気がします。沖縄に来て、沖縄のことを調べると、悲しいこと、辛いこと、いっぱいあることが分かりました」

「そうだなあ……」

伊波忠信が大きくうなずく。その傍らで上原が補足する。

「ジジュンは日本語がぺらぺらだよ。沖縄文学の韓国語訳本も出版しているんだよ……」

そのとき、邦子さんが夕食をもって応接間にやって来た。

やはり上原と横顔がどこか似ているようにジジュンには思われた。二人は四人姉弟で一番上と、一番下の姉弟と聞いていた。

邦子さんが弟の上原に言う。

「義人、私も来年で退職よ、楽しみにしているんだよ」

「お疲れ様でした。子どもたちは？」

「下の子は、ここにいるけれど、上の三人はもうみんな出て行った。長女の紀子は東京、長男の忠雄は那覇で所帯を持った。次男の信雄も那覇で働いているよ」

「そうだったね、みんな頑張っているんだね」

「お父さんだけさ、勝手に役場を辞めてから、好きなことをしているのは」

「好きなことではないよ。やらなければいけないことをやっているんだ」

「頑張って役場に勤めておれば、今ごろは課長ぐらいで定年を迎えられたはずなのにね。私は貧乏くじを引いたよ」

「そんなことはないよ、姉さん……」

上原の言葉を無視して邦子さんは大きなため息をつく。

邦子さんと忠信さんは職場での恋愛結婚だ。

「あんたたち二人は辺野古の話を聞きたいと言うけれど、この人が辺野古の話をしたら止まらないよ。私は毎朝、弁当作って辺野古に送り出しているんだよ。役場に勤めていたときが、ずっと楽だったのにさ」

邦子さんが今度は笑みを浮かべ大声で笑いながら忠信さんを見る。忠信さんも笑顔で頭を下げる。

「有り難うございます。感謝しています」

忠信さんの素直な言葉に場が和む。

「ゆっくりしていってね、ビールもあるよ。だそうか」

「いや、今日は車で来た」

上原も笑顔で手を振って断る。邦子さんの言葉に、ジジュンは頭を下げて感謝する。

食事が済んで落ち着いたところで、忠信さんが茶を飲みながら話し出す。

「さて、何から話そうかな」

上原がすぐに尋ねる。

「役場を辞めたこと、まずこのことから。辺野古の反基地闘争は、もう長く関わっているんでしょう。役場を辞めたことと何か関係があるんですか？」

「そうだな。それから話そうか。大いに関係があるんだよ」

ジジュンも上原も身体全体を忠信さんに向ける。

「実は、役場で働いていた当時、同僚の娘が、米兵に……強姦された。十年ほど前のことだ。強姦されたが証拠不十分で米兵は起訴にならなかった。無罪だ。そんなことが許されるんだよ、沖縄では……。強姦に証拠もクソもあるもんかということだよね。それがきっかけだ。米兵はすぐに本国に戻って姿をくらました」

「……」

ジジュンにも上原にも、予想していなかった話だ。

「同僚は遅くに結婚してね、なかなか子どもに恵まれなかった。やっと授かった一人娘だった。十七歳。高校生の娘だった。スポーツ万能な明るい子でね。部活の帰りに車で拉致されてブルービーチで強姦された。娘はこの事件のショックで学校にも行けなくなり精神を病んだ。まだ病院に入院しているよ。もう三十歳に近いはずだ。同僚の夫婦の悲しみは大きくてね、見ていられなかった。そんなことがあって、役場で基地に関連する仕事をするのが嫌になった。米軍基地は町の大きな収入源になっているが、米軍のために働きたくなかった……」

「この町はね、基地の町だろう。町長も町議会も米軍との友好政策を取っているんだ。歴史的にも移民の父と呼ばれた當山久三を産んだ土地だ。當山久三は『いざ行かむ、我等の家は五大州』とスローガンを掲げ、県民を鼓舞し移民を奨励した。沖縄初の海外移民は、一八九九（明治三十二）年で彼が主導し、ハワイへ二十六人の移民を送り出している。ここは戦前から外国にも外国人にも優しい土地なんだ。それが戦後、米軍基地キャンプ・ハンセンができて一転した」

「戦前は貧しさから抜け出すために移民をしたが、戦後は耕す土地を奪われて移民を余儀なくされた。沖縄の人たちは先祖から受け継いだ土地を銃剣とブルドーザーで奪われたんだ。もちろん米軍が軍事基地にするためだ。移民は海外だけでない。石垣島や西表島などへも県の政策として企画され遂行された。県民は故郷を捨てて渡っていった。この町も県に協力して移民政策を推し進めたのだよ。だが……、間違いだった。移民政策に協力するのではなく、軍事基地撤去運動をすぐにでも構築すべきだったんだ」

「戦後、土地を奪われた町民のある者は基地の前で米兵相手の商売を始めた。しかし、農業しかやったことのない村人だ。商売はなかなかうまくいかなかった。結局は商売女を囲った飲み屋街しか作れなかった。それでも県民は団結しオール沖縄の土地闘争で、ひと坪たりとも土地を米軍には売り渡さなかった。そこは偉いと思うよ、我等の祖先はな……」

「金武だけでない。伊佐浜でも真和志(まわし)でも、那覇でも昆布でも必死の闘いを構築したんだ。大きく高揚した県民の怒りを収めるために、米国議会は一九五六年に米国から調査団を派遣した。その調査団の報告を調査団長の名を取ってプライス勧告というのだが全くの事実誤認も甚だしい。沖縄の土地は永久に米国が軍事基地として使用するのが相応しいと報告したんだよ。マーカラワジラリーガ(怒り心頭だよね)。そこでプライス勧告に反対し沖縄県民の土地を守るための県民大会が開催された。大会には十万人余の県民が参加したと報じられた。県内の至る所で県民が団結して立ち上がったんだ。伊江島でも、阿波根昌鴻(あはごんしょうこう)さんを先頭に不屈の闘いを構築したんだ」

上原もジジュンも瞬き一つしないで聞き続けた。特に上原にはショックだった。こんな身近に沖縄の歴史を背負い闘っている親族がいることに気づかなかった。そんな自分を恥じた。学問を究めるには歴史的な尺度を持つこと、そう言った塚本教授の言葉が蘇ってきた。

「そうだな、伊江島の土地闘争を一つの例として話そうか」

伊波忠信さんはそう言ってお茶を一口飲むとまた話し続けた。

「伊江島は沖縄戦を凝縮した島だ。先の沖縄戦では日本軍陣地や飛行場があったから早い時期から米軍の攻撃を受けた。島ンチュ（島の人）は逃げ惑い、ガマ（洞窟）の中で『集団自決』（強制集団死）の悲劇も起こった。また多くの人々が捕虜になった。島の人々は本島内の収容所や慶良間諸島の一つの渡嘉敷島の収容所などへ移送された。捕虜になった二一〇〇人余の人々が島に帰って来たのは二年後だよ。しかし帰って来た島の人々はビックリした。島は様変わりしており、およそ島の六十三パーセントが米軍の軍用地となっていた。島ンチュはそれを知って呆然となった。旧日本軍だけでなく、米軍にとってもこの島は有益な軍事基地であったんだ。

米軍はさらに伊江島での基地拡大を目指した。本格化したのは一九五三年だ。家を焼き払い、ブルドーザーで整地し、抵抗する者は投獄するという強制的な土地接収が開始された。銃剣とブルドーザーで、と呼ばれる土地収奪だ。

一九五四年六月、立ち退き命令がだされ、米軍が島ンチュの土地をさらに接収しようとしていることが明らかになった。島ンチュは琉球政府・立法院に陳情を繰り返し、反対の意志を訴えた。ところが一九五五年三月から米軍は三〇〇人余の武装兵を上陸させ、民家十三軒の強制立ち退きを強行したんだ。家に火を放ちブルドーザーで押し潰し、土地を均し始めたんだ。それを制止しようとした人々に米軍は暴行を加えて拘束した。この島はアメリカ軍が血を流して日本軍よりぶんどった島である。君たちはイエスでもノーでも立ち退かなければならない。君たちには何の権利もない。米側はそう言い放った。

米軍が駐屯して演習を始めてからは飛来した銃弾や爆弾による被害者が続出した。土地の使用料や補償も、うやむやにされた。農民は生活に困窮し演習地内に入って耕作を続け、逮捕者が多数出始めた。耕す土地がないだけに食べ物は困窮した。芋かす、ソテツ、お粥等の粗末な食糧だけで、多くの人々が栄養失調となり、ついに餓死者までも出たんだ。

それでも米軍は一顧だにしなかった。米軍はさらに一五二戸の住民の立ち退きを計画した。住民は猛烈な反対闘争を行った。十三戸に住んでいた人々を再び家に帰すこともなく、住民たちはアメリカ軍の古い天幕に押し込まれたんだ。

同年七月、こうして家を奪われた伊江島の住民たちが、有名な乞食行進を始めた。那覇市の琉球政府前から出発し、米軍の行為をウチナーグチ（沖縄方言）を使い訴えたんだ。安保条約によって、われわれの土地は奪われた。家も仕事も食べるものもない。どうすればいいか教えてください、と那覇から糸満、国頭と一年あまり訴えながらの行進を続けた。

伊江島の人々の行動は、当時、報道規制のために米軍の横暴をまったく知らされていなかった沖縄の人々に大きな衝撃を与え、第一次島ぐるみ闘争へと発展していった。

翌一九五六年七月、米軍はさらにガソリンを使用して家屋の焼き払いを再開した。沖縄では、全沖縄土地を守る協議会が結成され、続いて十五万の民衆が結集し、アメリカ統治そのものに対し抗議の声を上げた。そして、奪った土地を返せ、焼いた家を造りなおせ、と訴えた。これらの運動は、米軍に土地使用の一括払いを撤回させ、土地評価額を上げさせることとなった。

また一九五九年には不発弾を回収していた二人の民間人が爆死する事故が起こった。同じ年、石川市の宮森小学校にはジェット機が墜落して多数の死傷者がでた。さらに一九六一年には二十歳の青年が米兵に射殺される事件が起こった。また演習弾の直撃で一人が即死した。これらの事件事故を契機に伊江島土地を守る会が結成された。これら一連の運動のリーダーとなったのが有名な阿波根昌鴻さんだ。阿波根さんは二〇〇二年に亡くなったが、伊江島土地を守る会は団結道場の建設を計画し、一九七〇年に完成させている。そしてこの団結道場を拠点として島ぐるみ闘争は本格化していくんだ。

阿波根さんは沖縄のガンジーとも喩えられている。米軍と対峙する際に徹底して非暴力での抵抗を訴えた。『命どぅ宝(ヌチどぅたから)』としてむしろ旗を掲げ仲間たちを鼓舞し県民に訴えたのだ。この姿勢は辺野古の反基地闘争へも引き継がれている。ただ、残念ながら長く辺野古と関わってきた我々の仲間でも意見が分かれ始めている。阿波根さんの精神は尊いが、非暴力無抵抗の精神はもはや時代錯誤的ではないか、効果の面ではまったく期待が持てないのではないかという疑問だ。

辺野古の浜にあるテント村で新基地建設に反対する市民の座り込みが始まったのは二〇〇四年四月十九日。二〇一八年には十四年目を迎える。今日で五一一四日めだ。日本政府は県民のこの必死の非暴力の誓願にも顔を向けない。耳を貸さない。私にもどのような方法があるのか、もう分からなくなった。ただ闘いの現場から離れないこと。闘いを続けること、このことが私たち仲間の合い言葉のようになっている……」

ジジュンも上原も、なかなか返す言葉を探せない。たくさんのことを教えて貰おうと思ってやって来たのだが、もうこれだけでも悲鳴を上げそうだった。

「まだ、あるぞ……」

伊波さんが頬を両手で叩いて上原を見る。

「さっき移民の話をしたけれど、移民は成功が約束されている訳ではない。開拓に失敗して一家全滅した家族も数多くある。金武からもハワイへ、そして嘉手納や宜野座からもハワイやブラジルやペルーへ渡ったんだ。また移民先は外国だけではない。読谷や大宜味からは、石垣島の明石へも多くの人々が移住している。

もちろん、すべてがうまくいった訳ではない。むしろ多くは失意の上で戻って来たり、また移住地で命を落としたりしたんだ。

数年前、私は町の企画した訪問団の一員として南米を訪ねたのだが、辛かった話をいっぱい聞かされた。もちろん、中には成功した例もあるさ。移民の歴史を調べると悲劇がいっぱい掘り起こされるんだ。いや移民の歴史だけでない。沖縄の土地には戦争で犠牲になった人々だけでなく、基地被害で無念の死を遂げた人々の声も埋まっているんだ。辺野古新基地建設反対に集まる人々は、それぞれが辛い物語を背負っている。それでも絶望しないこと、希望はあると信じながら闘っているんだ。その物語を上原くんには是非書いて貰いたいなあ。沖縄の人々が背負っている荷物を下ろせる物語をね」

伊波忠信さんの話は、上原やジジュンには重い課題だった。何度も喉の渇きを癒やすかのように茶を飲んだ。忠信さんの背後には、たくさんのおじいやおばあだけでなく、十七歳の少女の姿も立ち上ってきた、いや米兵に拉致され、強姦されて殺され、塵捨て場に遺棄された六歳の由美子ちゃんの姿もある……。戦争と基地被害と、二重の死者たちの物語がこの土地に埋まっているんだ……。

ジジュンがまぶたを抑えたようだった。母国の死者たちのへ思いを馳(は)せたのだろうか。上原も言葉を継げなかった。

「荷物を下ろせる未来の物語を……」

義兄の語った言葉だが、その前にとてつもなく重い現在の物語に、上原は押し潰されそうだった。

10

「幸喜先生のところへ連れていって」

ボーミックから上原のところにかかってきた電話だった。いきなりの依頼電話に驚いた。

「ええっ？　どうしたの、急に……」

「会いたいの」

「会いたいの……って」

「会って話が聞きたいの」

上原は一瞬戸惑った。

「幸喜先生って……」

「幸喜良秀先生よ。演劇集団創造の演出家。数週間前に、『タンメーたちの春』を観たの。与那嶺悠子教授と一緒だったけれど素晴らしかった。感動した。幸喜先生には他にも作品があるでしょう。『人類館』とか『椎の川』とか……。沖縄の戦後の演劇界をリードしてきた演劇人よね。私、組踊の研究で沖縄に来たけれど、幸喜先生の演出する沖縄芝居にも興味があるのよ。だから連れてって」

ボーミックの話を聞くとこういうことだった。

幸喜良秀先生は、ボーミックの指導教員与那嶺悠子教授の中学校時代の恩師だという。今でも懇意にしてもらっているので、与那嶺悠子教授に誘われて、先日浦添市で上演された「タンメーたちの春」を観に行ったというのだ。ウチナーグチでの芝居だったが字幕も出た。沖縄の戦後史を描いた芝居だった。役者たちの躍動する舞台に感動した。

幸喜先生は組踊の演出もするという。組踊と沖縄芝居、どちらも同じく舞台空間で肉体を使って観客にメッセージを送る。この二つの比較研究も面白いかなと、ふと思いついたというのだ。

そこで与那嶺教授に相談したら、幸喜先生に会ってごらんと言われ電話をしてくれた。幸喜先生は喜んでインタビューに応じてくれるというのだ。

「で、ぼくはアッシーか?」

「アッシー?」

「運転手」

「そう、運転手だよ。私を幸喜先生の家まで案内して欲しいの。私、道分からない。運転免許持っていない。だからお願いです」

ひょんなことになったと思った。しかし、上原にとっても幸喜先生の話を聞くことは興味深かった。むしろ願ってもない機会だった。上原の沖縄文学研究にも大いに示唆を得る話が聞けるような気がして了解した。

B大学の与那嶺悠子研究室を訪ね、道順を教えてもらい、ボーミックと一緒に幸喜先生を訪ねた。大学のある宜野湾市から幸喜先生の自宅のある沖縄市までは一時間足らずの距離だ。上原のスマートホンでもすぐに経路が検索できた。

ボーミックは終始ご機嫌で助手席に座り、組踊と沖縄芝居の魅力について上原に語りかけた。

「沖縄芝居には土地の言葉が生きている。沖縄の歴史が躍動している。平和への願いが息づいている」

そう言った。「歴史が躍動する」という言い方は、どこかおかしいような気がしたが、異議は唱えなかった。ボーミックは興奮を抑え切れないようだ。

幸喜先生の住宅は、見晴らしのよい高台に建っていた。子どもや孫たちと一緒に住んでいて二世帯、三世帯の住宅だという。二階の応接間に案内された。奥さんも湯茶を準備して迎えてくれた。

幸喜先生は、数年前に大病を患ったようで足を少し引き摺るようにして歩いたが、掘りごたつになっているテーブルの前に案内された。ボーミックが緊張した面持ちで訪問の理由を再度告げ、上原を紹介した。

上原も日頃から敬意を持っていることを告げ、同席させてもらった感謝の言葉を述べた。

幸喜先生は笑顔を浮かべ、ゆっくりと話し出した。八十歳を越えた年齢だと思われたが、若者のように目が輝いている。言葉は情熱的で、そして説得力があった。

「ぼくの演劇活動は大学生のころからだよ。島崎藤村の『破戒』からスタートとした。人間への差別を許さない。そういう意識からだった。当時、沖縄は米軍から強い差別を受けていたが、それを告発することはなかった。なんとかせねばと思って琉球大学の学生のころ、演劇部に入った。近代の日本人の自我の目覚め、人間はどう生きるべきか、それを問うた。当時、米軍の権力は絶対的で学内でもユースカー（米国民政府）のスパイ活動が行われており、『破戒』を舞台に上げるのも容易なことではなかった」

「その後に『島』という作品を取り上げた。広島の被爆者の問題を取り扱ったものだったが、沖縄の状況と重ねた。いつでもぼくたちはそのような差別に晒されていた。そのような状況を告発したかったんだ」

「現代演劇、世界の演劇、その動向にも注意を払った。沖縄を考えるために、沖縄から世界を見るのではなく、世界からまず沖縄を見ようという意図だった。抵抗や告発をするためには、学内は厳しい状況にあったが頑張った。対アメリカ、対ユースカーの対策にも気を使った」

「ぼくは沖縄を描きたかった。コザ十字路に立ち、ゴヤ十字路に立ち、沖縄を考えたかった。そのために、シェークスピアやチエホフ、ゴーリキなど、世界の演劇を紹介しながら沖縄の人たちと共に沖縄を考えようと試みた。これがぼくの演劇人としての出発だ」

「ぼくは実は一年間、アメリカ統治に反抗したとして学生のころ処罰された。ぼくは前科者なんだ。しかし、その停学処分中にたくさんの演劇に関する本を読んだ。演劇集団『創造』を立ち上げた。そして自らの手で、自らの作品を作ろうと思った」

「演劇運動とは役者や舞台を作り上げるだけでなく、作者や作品を作り上げることでもあるんだ。ウチナーンチュ自らが書き上げた作品や作者を作り上げることも演劇運動だと気づいたんだ。演劇集団創造は作家と共に仕事をする。作家と共に舞台を作る。そのようなことを目指したんだ」

「当時、沖縄芝居には作家がいなかった。だれの作品か、作家を問わずに演じられていることが多かった。だが、作家や作品こそが後世に残るという単純な事実に気づいたんだ」

「作家を作るために十年間は世界の演劇から学び、さらに日本の新劇から学ぼうと心を決めたんだ。もちろん脚本はユースカーにチェックされた時代だ」

「韓国の作家からも学ぶことが多かった。南朝鮮の人たちの政治状況の中で書かれた作品を沖縄の政治状況に重ねたんだ」

「沖縄の演劇を沖縄芝居から学ぶのではなく、外からの目線を取り入れて創造する、まさに初期の創造の課題だった」

「創造が最初に取り上げたのは、アルジェリアの独立運動を描いた作品だ。フランス人が書いた作品を日本人が脚色したものだ。『太陽の影』という作品だが、アルジェリア人を裏切ったドゴール政権へ、フランスの知識人が反逆するという作品だ。祖国への反逆がテーマだ。これは今の沖縄辺野古新基地建設の問題とも相通じる。人間としてあるべき姿とは何かを問うたんだ。人間とは何か、自由とは何か。普遍的な課題を問うたんだ。そのような作品から舞台化した」

「ドゴールは、アルジェリア人を盾にしてドイツと戦った。アルジェリア人への独立を約束していたのだが、それをすぐに反古にした。アルジェリア人への裏切り行為だ。このようなことはなにもヨーロッパのみで起きる問題ではない。沖縄でもこれと類似する課題が見えていたんだ」

「私の家があるこの辺りは終戦直後、アメリカ人の兵舎が立ち並んでいたのだが、米軍兵士のあいだでも白人兵と黒人兵の差別があったんだ。黒人兵を戦争の最前線に立たせた。戦後には差別がなくなり解放されると黒人兵士たちを鼓舞したんだ。実際には戦後にも黒人兵は解放されずに差別は続いた。差別された黒人兵たちは沖縄人を差別した。婦女子をゴウカンしたんだ。そういう人たちと我々はまた戦わなければならなかった。このことは現代の各地の戦争でも起こっている課題だ」

「アルジェリアの反国家闘争、南朝鮮の反基地闘争は対岸の火事でなく、我がことのように強烈であったのだ」

「ワーッターや（俺たちは）、アメリカーの残飯を食いながらアメリカーに石を投げて大きくなったようなものだよ」

「沖縄は核の島でありながら、核のことをテーマにした作品を作りきれない。人情劇としての沖縄芝居などは成り立つが、どこの国に持っていっても成り立つ芝居を作りたかった。だから沖縄芝居だけではなく、世界から沖縄を見たんだ。一九六〇年代は劇団創造にとって学習の時間だった」

「十年目にして知念正真が『人類館』を書き上げた。世界に通用するドラマを作りたいという夢が叶えられたんだ。沖縄芝居ではなくて現代劇だ。支持される言葉とは何か、舞台の言葉とは何かを探し当てたんだ」

「ところが、ここから大きな間違いを起こした。幼稚でせっかちだった。このことに気づいたんだ」

「我々は一九七二年に日本復帰したんだが、安易な選択だった。日本復帰すれば沖縄は救われる。解放されると思ったんだ。米国軍政府統治時代には女たちが裸にされて殺されて道端に棄てられていた。日本復帰したらそういうことはなくなると思っていたんだ」

「何が間違いかというと、祖国を間違えてしまったんだ。言葉もそうだ。復帰運動を通して、ワッターは日本を祖国とは呼べなくなっていた。余りにも理不尽な日本国家の対応に日本人とは言えなくなったんだ。ヤマトが救ってくれると思っていたのも復帰運動の思想的弱さだ。一九七〇年代になって、ヤマトは沖縄を理解してくれない。沖縄の歴史も言葉も理解してくれない。そういうことがはっきり分かってきたんだ。『人類館』ではこの言葉の問題も取り上げた。『人類館』は、作者の知念正真とぼくが演出したが、ばくのほうが苦労を多くしたはずだよ。シンちゃん（知念正真）はヤマトで新劇を学んできて新劇的な演出をしたが、ぼくは北島角子を使ってウチナーンチュそのままの姿を舞台に出した。そこが違いだ。何でもないことのようだが、ぼくにとっては戦いだった。音楽に琉球の古典音楽を使ったり、舞踊のチョンダラーを取り入れたりした。反権力、反国家の象徴だ」

「『椎の川』も、最近の演出ではウチナーグチにしたが、ぼくの演出家としての葛藤から出た答えだ。ヤマトの方ばかり向いて反国家を掲げながらも、言葉を奪われてしまっていたぼくの反省から出た答えだ。ぼくたちは言葉を売ってしまっていた。自らの武器をなくしてしまっていたんだよ。ぼく自身の弱さだ。悲しさだ……」

「そんな経緯があって、復帰後はウチナーグチを使うウチナー芝居にこだわってきた。演劇に琉球舞踊の踊り手たちをも積極的に取り込んだ。沖縄芝居実験劇場を立ち上げたが、それは、ぼく自身の反省から生まれたものだった」

「ぼくらは国際的な視野から理論武装をする姿勢が弱かった。英語を勉強することは反米の思想に相反するものだとして、英語の勉強をすることすら嫌がったんだ。耐えられなかったんだ」

「だから、英語を学ぶ機会を失った。日本語も反国家の視点から受け入れがたかった。しかし、気がついたら今、ウチナーグチも失いつつあるんだよ。ぼくの演劇的営みの中には、このことの課題が絶えず含まれているはずだ」

「ワッターや沖縄脱出のこともよく考えたよ。沖縄を棄ててヤマトゥに密航しようとしたんだ。あのころはヤマトゥしか見えていなかったという反省もあるけどね。真剣に考えたよ」

「あのころは本当にひどい人権被害があったんだよ。家族の前で主婦が裸にされてゴウカンされるんだから……」

「今の若い人たちに言いたいことはね……。ぼくたちの時代は現実と格闘したわけ。ぼくの中には、いつでも現実の沖縄があるんだ。それは現実否定、沖縄否定に繋がるものだった。そして現実否定を繰り返す中で真実が見えてきたんだ。なにもしないでは真実は見えてこないよ。自分と格闘しながら、この社会は正しいのかどうか、いつも問いかけたんだ。そうすることによって答えが見つけられる。事実の裏に隠れている真実まで辿り着かねばならない。これが私の演出家としての仕事だと思っているんだ」

「若い人たちにも事実から真実を見つける力を身につけて欲しい。正しいものを見分けて、その真実を共有する。若い人たちを叱咤激励するというよりも、若い人たちには若い人たちなりに頑張っているので、特にかける言葉もないのだが、そう思うよ」

「ぼくたちの時代は国際通りをデモすることによっていろいろと見えてきたものがあった。今の人たちには今の人たちのやり方があるはずだ」

「ぼくは基地がなければ沖縄は一番美しい島だと思うよ。基地は戦争のためにあるんだろう。基地あるがゆえに一番醜い島になっているんだ。沖縄は基地の島だ。戦争をするための島だ。太平洋の要石と言われてきたけれど、それは戦争をするための要石だ。戦後、このことはずっと変わっていない。基地がなくならなければ沖縄は一番危険な島だ。それはいつの時代の人たちにとっても、考えなければならないことだ。沖縄の人たちは絶えず、沖縄とは何かを問い続けることが大切だ。そして沖縄の現状を把握し平和への希望を主張し続けることが世界への貢献に繋がるはずだ」

「沖縄を平和の島にするということは、沖縄に来たら世界の人たちが幸せを感じる島にするということだ。それは演劇で作る舞台と似ている。演劇は夢を描く。お客さんは舞台を見る。舞台を見て、周りを見る。もし平和でなければ平和運動をする。演劇は一つの手段として生きている喜び、生きている共感を作り出すことができるんだ」

「またこのことは、観光とも繋がる。観光は平和産業だ。沖縄は基地がなければ立派な観光の舞台だ。基地がある間は平和に逆行している。このことを大きい声で言うことは何も不純なことではない」

「ぼくは、今一番怖がっているのはアメリカではない。トランプではない。それは日本政府だ。一九七二年からぼくらは復帰して日本人になったが、日本国家が目指しているのは昔と変わらない。むしろアメリカに代わって沖縄を軍事基地化したいと目論んでいるのは日本国家だ。二十年後には辺野古も与那国も日本政府の基地になるはずだ。ぼくは反基地闘争は反国家闘争だと思っているよ」

「沖縄の置かれている位置は世界に貢献できる地理的な位置にある。沖縄は雪も降らない。海もきれい。地震もない。いつでも基地は使える。沖縄は最高に基地としての立地条件を備えている」

「ぼくは、それでも沖縄で生まれたことを誇りに思っている。ウチナーンチュであることを誇りに思っているよ。アンマー（母親）には、ウチナーンチュとして生んでくれたことを感謝しているよ。ヤマトゥンチュでなく、アメリカーでなく、ウチナーンチュであることを誇りにしている」

「だが、世界に通用するウチナーンチュでありたいとも思っている。このことは大事だと思うよ。スポーツでも、音楽でも、世界に通用するウチナーンチュがたくさん生まれることを楽しみにしているんだ」

「大事なものを大事なものとして残していく。沖縄の宝物を無くしてはいけないよ。沖縄の祭りなんかも無くしてはいけない。沖縄独自の文化もだ。ぼくの演劇には必ず琉球舞踊などが入っているはずだ。今回のタンメーたちの春にも、ウチナー音楽でラジオ体操をさせたよ（笑い）」

「ぼくはね、沖縄の風や光をどう表現するか。沖縄の土地の風を身体と心で感じることができるか。これがぼくの課題だ」

「沖縄は被害者意識だけに囚われないことも大切な視点だな。ヨーロッパ、中央アジアの人々も大変な迫害や被害に遭っている。そんなグローバルな視点も忘れてはいけない。ウチナーンチュが世界に羽ばたくためにもウチナーンチュだけがアワレ（哀れ）しているんではない、という意識も大切だ」

「ウチナーンチュは自分たちがしてきたアワレをよその民族にはさせないこと。これができたときに、真のウチナーンチュとして誇りを持って生きていけるということだ」

「時たま生活に追われて歪（いびつ）になってしまうことがある。沖縄県民は権力によってみんなバラバラにされてしまうことがあるが、負けてはならない。今回の辺野古新基地建設の賛否を問う県民投票も、かつての土地闘争と似ているところがある。分裂させられ、バラバラにされている」

「ウチナーンチュは、どちらかというと、自分の身の上に起こらなかったことには冷淡なところもある。広島の原爆や他国の戦争、身近なことではハンセン病の問題などもそうだ」

「でも嬉しいこともあるよ。ウチナーンチュは知事に玉城デニーを選んだ。デニーをアメリカーとの子どもだと言って馬鹿にしたり差別したりはしなかった。ウチナーンチュはここまで来たんだ。成熟しているんだよ」

「フラー（馬鹿）になって初めて沖縄の真実が見えることがあるんだよ。見えない沖縄を見ることだよ。これは作家や芸術家の仕事だな」

「摩文仁（まぶに）の『平和の礎』の広場に燃えている平和の火、希望の火だ。あれはぼくが大田県政時代に県庁に勤めていたときに発案したもので、阿嘉島から採火したものだよ。厳粛な神行事として採火行事を行い離島の島々を巡って摩文仁に今、永遠の平和を祈る火として燃えている。ワッターウチナー、美しいウチナーになって貰いたいなあ……」

ボーミックと上原は、幸喜良秀さんの言葉に圧倒され、大きな感銘を受けていた。しばらくは感想を述べることとさえ忘れていた。

幸喜良秀さんや奥さんにお礼の言葉を述べて邸宅を辞したが、その余韻は二人の上に長く続いた。

ボーミックは上原の自家用車に乗った後も頬を赤らめ興奮を抑えかねていた。今度は往路とは違い、饒舌でなく、沈黙でその感慨を反芻しているようだった。

上原は、ジジュンも一緒に誘えばよかったと後悔した。そして幸喜先生の「祖国」という言葉に、沖縄の歴史を反芻した。琉球王国の時代が脳裏を駆け巡る。まず首里城が浮かんできた。

琉球王国は一六〇九年に薩摩藩に武力で侵略され傀儡政権となる。一八七九年には明治政府に侵略され、清国との関係を断てと恐喝される。拒否した琉球王国は解体されて明治政府傘下の沖縄県となる。この琉球国併合を琉球処分と呼ぶ。

琉球国民はその後、沖縄県民になるために必死の努力を続けるが、先の大戦では日本国の国体を護持するための防波堤にされ、多くの県民が死に追いやられる。それだけではない。死を賭した沖縄県民の努力は報われることなく、戦後の日本国家の独立と引き替えに沖縄県は日本国家から捨てられる。米国軍政府統治下に入り国を失った亡国の民となる。軍事優先の米軍統治政策で人間としての誇りや人権が蹂躙される。この現状を打破するために日本国家への復帰を熱望する。県民の激しい土地闘争や、軍事基地撤去闘争の末、日本復帰は成就したものの、基地のない平和の島の復帰は断念させられる。

復帰後は、ますます沖縄は日米安保条約の要の島となる。基地のない平和を願う県民の思いは退けられ基地の島になる。今また、日本国の防衛のための島作りが画策され辺野古新基地建設が強行される。米軍基地は、いずれは軍隊を持った日本の基地に変貌するかもしれない。宮古島にも、石垣島にも、与那国島にも、県民の声を踏みにじって粛々と自衛隊基地が建設されている……。

幸喜先生は言っていた。沖縄の現状を問うことが、沖縄の自立の思想に繋がる。事実から真実を見ることが大切だと……。

「祖国とはなんぞや」

「えっ?」

思わずつぶやいた上原の言葉に、ボーミックが反応する。

「いや、沖縄に祖国はあるのかなと思って」

「あるわよ、上原さん、おかしなこと言うのね。沖縄県民にとって祖国は琉球王国でしょう」

「えっ?……」

今度は上原が驚いた。

「幸喜先生、おっしゃっていたよ。沖縄に生まれたことに誇りを持っているって」

「……」

でも、それが祖国に繋がるとは思えない。あまりにも短絡的だ。上原は混乱する。

「ウチナーンチュがそう思わないとどうするね。私がそう思ってもおかしいでしょう。上原さん、自信持つことね」

「しかし……」

「しかし、何ですか？」

「そんなに簡単には割り切れないよ」

「割り切れるよ。私、独立しなさいとは言っていないよ。祖国の話をしているんだよ。複雑に考えない。学問の研究は複雑な問題を単純化することだよ。縺れた糸をほぐすこと」

「そうかなあ……。文学は縺れた糸にスポットを当てることだと思うよ。ほぐすことは政治の分野だ」

「そうかなあ、体系化すること、見えないものを見えるようにすることが学問の神髄でしょう。また文学の力とも重なるはずよ」

「うーん、なんだかぼくには分からなくなってきた」

「大丈夫、大丈夫よ、私がついているから」

ボーミックの冗談や笑い声に、一時論議を中断する。

しかし、論議は別の話題ですぐに再燃した。口火を切ったのは再び上原だった。

「宇久田さんのこと、ボーミックは覚えているか？」

「宇久田さん？」

「うん、宇久田隆一さん、県民大会の後で、一緒に喫茶店に入ってボーミックと激論を交わした市長秘書」

「ああ、覚えているよ」

「宇久田さんから塚本教授の研究室に電話があったそうだ。みんなに詫びてくれと」

「何を詫びるの？」

「感情的になったこと」

「ふうーん」

「宇久田さんの祖父母が沖縄戦で戦死したことは、ボーミックも知っているよね」

「うん、知っている。前に聞いたよ」

「それで一人残された宇久田さんのお母さんは孤児になり、苦労したこと。お母さんは成人して基地従業員になり一生懸命働いたこと。基地で働いているご主人と知り合い、結婚して三人の子どもを授かったこと、その末っ子が隆一さん。ご主人は全軍労のストに参加して解雇されたこと。お母さんがその後も基地で働き続けて一家を支え続けたこと。貧しかったこと。そんなことを塚本教授は付け加えて教えてくれた」

「上原さん？」

「何？」

「上原さん、間違っているよ」

「どうして？」

「どうしてって……、どうして私にそんな話をするの？」

「どうしてって……」

「宇久田さんが謝ったのは感情的になったことを謝ったのでしょう？　考え方を謝ったのではないでしょう？　感情で考え方を歪めてはいけないわ。私は辺野古新基地建設を容認する宇久田隆一を許せない。彼の意見に反対だ」

「事実を伝えただけだよ」

「事実でなく真実を伝えなさい。さっき幸喜先生に教わったじゃない。事実の背後の真実を見抜けって。感情で真実を見る目を曇らせてはいけないよ」

「曇らせてはないよ」

「曇らせているよ」

「沖縄の人々は、戦後、基地従業員として生活の糧を得る人々も多かった。今も基地で働いている人々もいる。基地問題を考えるにはその人々のことも考えないといけないんだよ」

「馬鹿っじゃないの」

「えっ？」

「基地がなければ、もっと高収入な仕事が手に入ったかも知れないでしょう。沖縄の人たちの手に沖縄の人たちの土地があれば、たくさんの知恵も生まれていたはずよ。産業も発達していたと思うよ」

「そうとばかりは、言えないさ」

上原は、ボーミックの強い言葉に少しムキになった。

「上原さん、上原さんは基地容認派？」

「そうではないよ、簡単にレッテルを貼らないで欲しい。ボーミックは、正か反か、で物事を分けすぎるよ。沖縄にはそんな風に分けることができずに悩んでいる人も大勢いるんだ」

「上原さんは悩んでいるの？」

「いや、ぼくは悩んでない」

「だったら自分の意見に従えばいいよ。周りの意見に右顧左眄（うこさべん）することないよ」

「右顧左眄してないよ」

そう言った後で、上原は考えた。右顧左眄か……。こんな言葉もボーミックは知っているのかと驚いた。

しかし、右や左の言葉ではなく、葛藤している言葉、沈黙を経た言葉、相手に届く言葉を探すことも文学の営為ではないか。

上原は少し冷静になりたくてため息を漏らした。

ボーミックは、学問とは整理すること、体系づけること、単純化することだと言っている。それでは、沈黙する言葉、思考する言葉、死者の言葉にスポットを当てる文学の行方はどうなるのだろうか。政治の場では沈黙する言葉は許されず、二者択一にしかならない。それは肯われる。しかし、学問の分野でも同じなのだろうか。

「ボーミック」

「上原さん」

言葉を発したのは二人同時だった。思わず笑い声が出た。

「私たち、もっと議論する必要あるね」

「ぼくも今、そう言おうと思っていた」

「このことを、幸喜良秀先生が教えてくれたんだね。大収穫だね」

ボーミックは、声を上げて笑った。インド系アメリカ人だというボーミックの顔が輝いている。

「言葉は届いたよ、真剣に話す言葉は届くよ」

上原はそう言おうと思ったが、上原の運転する自家用車は、すでに大学の駐車場内に到着していた。

第二章

1

二〇一九年の新年が明けた。一月一日は青空が見える快晴日になった。上原は裏庭に造った小さな菜園を見て回った。キャベツやカリフラワー、ブロッコリーに群がっていた青虫はもう探せなかった。年末の数日の寒波で蝶も見えなくなったので、これで被害は終わりだろうとホットする。

上原は二〇一八年四月にA大学総合文化学部の大学院へ入学した。沖縄の戦後詩を調べるために一年間在職する高校を離れて研究生活に入ったのだ。

このことを決意した理由は大きく分けて二つある。一つは、高校生諸君に、郷土や郷土の文学に目を向けてもらいたかったからだ。沖縄の文学者たちにも優れた作品があること、そして沖縄の現在を考える具体的な教材として身近な沖縄文学を使用したいと思ったこと、願わくは郷土の文化や歴史に誇りを持って貰いたかったからだ。

二つめは、言葉の力について考えてもらいたかった。それは詩歌という凝縮された表現の中にたくさんのヒントがあるように思われた。言葉を解体し、言葉を解き放ち、言葉の特質を考える。私たちの日常生活の中では、音声言語も含めて言葉の功罪に泣き、そして励まされることが多い。この力や特質を理解させるために、どのような方法や授業が構築できるか。その手立てを考えたかった。

二年目には現場に戻り、修士論文を完成することになるが、大学を離れる三月までにはなんとか目途をつけたかった。

新年の青空を仰ぎ、この一年を振り返ってみる。自らもそうだが沖縄は激動の一年だった。昨年の八月八日に翁長雄志知事が膵臓癌で急逝した。享年六十七。志半ばの無念の死だったと思われる。

九月三十日には翁長知事の後任を選ぶ知事選挙が行われた。後継者を目指した玉城デニー氏がネット上での誹謗中傷に遭いながらも大差をつけて当選した。玉城デニー氏の得票は知事選で過去最多の三十九万六六三二票を獲得した。

十月九日には翁長知事の県民葬が開催された。一年前の平成二十九年六月には故大田昌秀元県知事の県民葬が行われた。沖縄県は県の振興開発、基地問題の解決並びに平和行政の推進に尽力した二人の巨人を相次いで失った。

そして翁長元知事が県民の意志だとして強く建設阻止を訴えていた辺野古新基地に、日本政府は「国民を守るためだ」と称して土砂搬入を開始した。「沖縄県民は国民に、はいらないのか」

と県民は強く反発した。ボーミックは、この発言にもっと怒るべきだと上原たちを叱咤した。

やはりと、ため息が出る。日本の行く先はどうやら決まったようにも思われる。現政権は、平和憲法と呼ばれる機縁にもなった重要な憲法条文第9条の改定を目論んでいる。空母を持ち、戦闘機を持ち、自衛隊基地をも新たに与那国島、石垣島、宮古島に建設し、中国や北朝鮮の脅威に備えると言う。沖縄県も戦争のできる国へ組み込まれるのだろうか。県民の四人に一人が犠牲になった先の戦争の記憶はどこへ行くのだろうか。やはり、戦いの準備をすることが国の正しい政治なのだろうか。沖縄の著名な芥川賞作家の目取真俊が全身を賭して反対している辺野古の行方が気になる。沖縄の高校生への郷土の文学を読ませる自分の意図と行為がもどかしくなる。この場所で戦っていいのだろかと後ろめたくさえなる。

「お父さん、おせちの準備ができましたよ」

妻の朋子の呼ぶ声が聞こえる。正月料理だ。娘の美希の「お父さん」と呼ぶ声も聞こえる。

朋子は上原と同じく県立高校の教員で数学を担当している。上原とは高校時代の同級生だ。大学では専攻が別になったが今二人目の子を身ごもっている。三月中旬に出産予定で、ジジュンやボーミックとも親しい間柄だ。嬉しいことだ。

「はあい。今行きま～す」

上原は菜園から大きな声で返事をする。手に持ったヘラを脇に置く。外に備え付けた水道の蛇口をひねり手足を洗う。玄関と反対側の扉を開けて家の中に入り、おせち料理の前に座る。娘の美希の嬉しそうな笑顔に感謝して箸を取る。美希はなんにでも興味を示すようになり、朋子を困らせている。

A大学の正月明けの授業開始は一月七日（月）だ。大学院も同じ日からのスタートになる。大学はすぐにセンター試験の準備に入り、学部学生の卒論審査、後期末テスト、入学者選抜試験、大学院生の研究論文の発表会、卒業式、入学式へと慌ただしい日程に突入する。今学期は三月二十日が卒業式で、学年および後学期の終了は三月三十一日だ。

一月七日、学部の院生室へ行くとボーミックからすぐに電話がかかってきた。廊下に出てスマホ電話を取る。年末に演劇集団創造の幸喜良秀さんの所へ連れて行ってくれたお礼と併せて大学院での研究テーマを決定したという知らせだ。

「私、組踊研究だけでなく、演劇集団創造の研究もするよ。二つの舞台の比較研究だ。私、幼いころ、父と一緒に見た組踊の華やかさが忘れられなくて、組踊の研究目的で沖縄に来たけれど、沖縄の現状と未来へ還元するためには劇団創造の研究も是非必要だと思う。劇団創造には、もう五十年余の歴史があるんだよね。組踊も劇団創造の舞台も肉体を通してアクティブに創造する文化研究という点では一緒、私の目的は達成されると思う。私、欲張りかなあ。ねえ、上原さんはどう思う」

「ねえ、どう思うと、急に聞かれてもね……」

「難しい？」

「そうだねえ、難しいと思うけれど……、ボーミックならできると思うよ。戦後五十年余、沖縄の状況へコミットしてきた劇団創造の不条理劇は、ぼくも高く評価したい。でも、時間はあるの？」

「時間はあるよ。私、四、五年は、沖縄に滞在するつもりだよ。延長してもいいんだよ。沖縄、どんどん好きになるし、大好きな沖縄研究のテキストとして、琉球王国時代は組踊、現代の沖縄は劇団創造だよ」

「なるほど、そうか。どちらか一つでなく、どっちもやるんだ」

「そうだよ、どちらもやる。私、やっぱり欲張りかな？」

「いや、そういう解決方法もあるんだなって感心してるんだ。応援するよ」

「有り難う、上原さん。ところで、ジジュンは帰って来た？」

「うん、帰って来たよ。院生室でパソコンを叩いているよ」

「そう。帰って来ているなら早い時期に新年会をやろうよ」

「新年会をやる習慣はアメリカにもあるの？」

「それ愚問だよ。私、沖縄にいる間はウチナーンチュだよ」

「はい、分かりました。ずっとウチナーンチュでいてね」

最後に二人で冗談めかした会話をして電話を切った。電話を切った後、廊下から院生室に戻る。

ジジュンは四日に沖縄へ戻って来た。翌五日には我が家を訪ね、韓国からのお土産をどっさり持って来てくれた。婚約者の趙正美さんからのお土産も託されていて恐縮した。スマホで写した写真も何枚か見せてくれた。

「美しい人ね。いつか、是非、お会いしたいわ」

朋子も傍らから写真を覗きながら微笑んだ。

娘の美希も興味深そうにジジュンに尋ねる。

「ねえ、この人、だれ？　だれなの？」

ジジュンがはにかんで答えない。朋子が教えてやる。

「ジジュンのお嫁さん」

「ダメ！」

美希が急に涙ぐむ。

「アタシがジジュンのお嫁さんになるの！　絶対ダメ！　ダメ！」

美希が、ジジュンからもらったお土産のリカちゃん人形を手にしながら泣きだした。朋子も上原も顔を見合わせる。ジジュンも驚いて美希をなだめる。

「おいで、美希」

ジジュンが美希を膝に乗せる。

「お母さんは分からずやだね、美希がジジュンのお嫁さんになるんだよね。お母さん、間違えちゃったね」

美希が涙の滲んだ目を手で擦りながらうなずく。そして顔を上げてジジュンに言う。

「ジジュン……、美希がお嫁さんになるまで、おじいちゃんにならないでよ」

美希のお願いに、ジジュンがさらに笑顔を大きくする。

「はい、分かりました。おじいちゃんにならないよ」

「指切り」

ジジュンが、指切りをし、またはにかんで笑っている。

上原は朋子に小声で言う。

「美希と一緒に本当に韓国に行こうか。趙さんと会ったら、美希も許してくれるのではないかな」

上原の言葉に朋子もうなずいた。そして大きくなったお腹を手で撫でながら微笑んだ。

上原は院生室に戻り、傍らでキーボードを叩いているジジュンを見る。数日前の我が家でのジジュンと美希のやり取りを思い出してつい頬が緩んだ。韓国行きの話をすると、ジジュンも大歓迎で是非実現して欲しい。韓国を案内すると微笑んだ。

ジジュンと趙正美さんに子どもができたら、美希と友達になれるぞ、と勝手に夢を膨らませた。残り三か月、ジジュンと一緒の院生生活は少なくなったが、やはり充実している。

ジジュンと学生食堂へ出かけた後、三階のティーラウンジで少し話をする。必ずしもボーミックに触発されたという訳ではないが、ジジュンも上原も三月には大学を去る。少しは気が焦る。少なくとも研究テーマは明確にして大学を去りたいと思う。

上原は四月には学校現場に戻るが来年の三月までは大学院に籍があり研究生活を続けることができる。論文の提出は審査があるので二か月程は前倒しになり来年の一月だ。ジジュンは韓国の研究機関と指導教員の塚本教授には半年後の九月締切での提出を求められている。

インスタントのコーヒーをカップに入れて院生室を出る。ティーラウンジにはだれもいない。ゆっくりと互いのテーマについて意見を述べ合った。二人とも、それぞれが欠かせない必要なパートナーになっている。まず、ジジュンが口火を切った。

「正月休みで韓国に行っている間に考えたのだが、やはりぼくは文学の可能性を論じたい。それは最初からのテーマだ。もう日数も限られているからね。沖縄の文学作品を通して言葉の力を考えてみたい。特に大城立裕さんの作品にスポットを当てながらその可能性を探りたい。大城立裕さんは芥川賞作家でもあり、戦後一貫して沖縄文学を牽引して来た作家でもある。大城さんは上海で終戦を迎え、九州に疎開していた姉の元に一時身を寄せた後、沖縄に戻り作家として出発する。戯曲作品から書き始めるのだが、次第に歴史物にも手を染めていく。沖縄は戦後、日本から切り離されていたが、大城さんは常に沖縄の行く末を考えていた。沖縄の自立と米国軍政府支配下に置かれた沖縄の人々の人権回復の戦いにも注目していた。それが前期のテーマだと思う。当初はそれをフィクションの小説作品で行っていた。ところが近作では私小説に転じ、『辺野古遠望』などの作品も書いている。明確に沖縄と人間の自立を目指したメッセージも発しているように思われる。この軌跡に文学の力や言葉の力、時代と対峙してきた沖縄文学の未来も方法も示唆されているように思う。植民地文学の可能性と不可能性も見えてくるはずだ。それを解明したい」

「なるほど、そうか」

「塚本教授は大城立裕さんを紹介してくれるというけれど、今は、あえて大城立裕さんのところにインタビューには行かずに、作品からそのヒントを探したい。幾つか書き上げた論考もあるので、それを整理し、繋ぎ合わせれば提出期限には充分間に合うと思う」

「うん」

「上原さんはどう思う。ぼくの考え方やテーマについて」

「うん、大賛成だ。ぼくのテーマとも繋がるようで頼もしい。塚本教授は大城立裕さんとは懇意にしている間柄だから、きっと喜ぶだろう」

「うん、喜んでくれたよ。インタビューも勧められたけれど、ぼくは行かない。上原さん一人で行って下さい」

「おい、おい」

上原もジジュンも声を上げて笑う。そしてジジュンはなおも続ける。

「大城立裕さんはもう九十三歳、自分の作品について、その背景や意図もみんな語ってくれるような気がする。またそのような聞き取りは、だれかがやるべきだと思う。沖縄の文学の歴史を考える上で、大城さんの考え方はとても必要で大きな力になる。でもそれは、ぼくでなくてもできる。沖縄にいるだれかがやればいい。上原さんもその第一候補だ」

「おいおい」

また二人の顔に笑みがこぼれる。笑みをこぼしながら、ジジュンの話が一段落したところで、今度は上原が話す。

「ぼくの専門は沖縄の戦後詩だ。沖縄の詩人たちは戦後一貫して苛酷な状況と対峙して詩を書いてきた。沖縄の戦後詩は戦争体験の作品化からスタートする。それから米国軍政府統治下における苛酷な人権抑圧への抵抗、土地闘争、ウチナーンチュの人権や命を守る戦いを詩の言葉にしてきた。復帰後は、基地付き返還になった日本政府の沖縄政策や、沖縄社会の背負った矛盾を表現するために国家をも相対化する詩をたくさん生みだしてきた。厳しい状況下でいかに生きるかと問いかけてきた。

つまり、沖縄の戦後詩は状況に対して倫理的な作品を生み出し、抗う文学としての言葉を探してきた。しかし、ここに陥穽もあった。このことによって沖縄の戦後詩を振幅の狭い作品世界に封じ込めてきたようにも思われるのだ。そこでぼくのテーマは、倫理的な作品世界の創造と桎梏をどう乗り越えるか。沖縄戦後詩の特質と挑戦というテーマで書いてみたい。浮かんでいるタイトルは、『抗う沖縄文学の行方』だ。キーワードになる詩人は、まだ模索中だが、一人は牧港篤三さんにしたい。まずは戦争体験者の倫理的な表現方法を解明してみたい。そのために、もう少し、沖縄戦のことを考えてみたいし、インタビューも続けたいと思っている」

「現在の若い人たちも、抗う詩を書いているの？」

「いやそれは少し違う。平成の時代になってから登場する若い詩人たちには、そのような詩は少ない。むしろ不思議なくらいに身辺の出来事を作品にしている。抗う文学は消滅している。若い詩人たちは、自分を取り巻く状況への違和感だとか、友人や知人、恋人や家族との軋轢とかを詩のテーマにしている者が多い」

「それについて、上原さんはどう思うの？」

「辺野古の新基地建設が県民の大きな関心事なのに、それから背を向けている。寂しいことだと思っている。身辺の違和感を深く掘り下げると沖縄の違和感にまで到達すると思うけれど、なかなかそのような詩には出会えない」

「それで？」

「それだからこそ、沖縄の戦後詩の特徴の一つとして、平成の終わりのこの時期に抗う文学の行方として論文を書く意義があると思う。沖縄文学というカテゴリーや抗う文学という呼称が成立するかどうかも大きなテーマだ」

「なるほどね」

「沖縄の詩人たちは、沖縄の未来や沖縄の歴史を見据えて厳しい状況に抗う言葉を探し続けてきた。政治の言葉よりも力を持つ言葉はないか。振幅の広い生活の言葉、土地の記憶に纏わる言葉、これらの言葉から、射程の長い文学の言葉を探す努力を続けてきた。このことが沖縄の詩人たちの大きな軌跡だ。ここに沖縄文学の可能性の一つもあるように思う。日本文学を揺さぶる力もあるようにも思うんだ」

「なるほどね……、よく分かりました。もう上原さんの論文は出来上がっているようなものじゃないですか。羨ましい。今の話、ぼくが論文を書く上でも大いに刺激になりました。上原さん、有り難う。持つべき者はよき友人、韓国のことわざにもありますよ」

「おいおい、冷やかすなよ」

上原の笑顔に、ジジュンは思わずコーヒーカップを持ち上げて乾杯をした。そして次のように続けた。

「私の国に曺泳日（ジョ・ヨンイル）という文芸評論家がいます。『世界文学の構造―韓国から見た日本近代文学の起源』が二〇一六年に日本語訳されて出版されました。その本で曺泳日は、『近代文学とは本質的に戦後文学であり、日本は日露戦争のような精神構造を大きく変化させうる戦争体験を経たが故に森鷗外や夏目漱石らの国民作家を誕生させた』と言っています」

「うん、私も読んだことがある」

「とすると……」

「とすると、沖縄は戦後がまだ続いているわけだから、優れた文学を生む可能性を秘めた土地ということになるかな」

「ええ、そうです」

「なるほどな、それは沖縄の作家たちにとっては大きな励みになる言葉だな」

「そうでしょう。やや乱暴な提言ですが、沖縄は魅力ある土地です」

「でも、韓国は戦争体験をもたないが故にノーベル賞作家も生まれなかったとする論理はやや乱暴すぎるよ」

「私もそう思います。でも一顧に値する提言です」

「うん、そうだな。文学で紡がれる言葉は土地の歴史や文化と繋がっている。言葉は歴史を体現する。多くのことを示唆してくれる提言だと思う」

「うん、上原さんはやはり実作者の詩人だ、上原さんの論文はその詩人の目が大いに感じられる論文になりそうですね」

「いやいや、そんなこともないさ。でも若い詩人たちも、きっといつかは土地の言葉や土地の歴史に気づくことがあると思う。気づかなければそれはそれでまたそのような詩があってもいいと思っている。若い詩人たちの詩世界は、もう一つの沖縄の現代詩だと、ぼくは今は思っている。元号が変わる新らしい時代には、あるいはそのような詩が中心になってくるのかもしれない」

「そうですね、韓国はどうだろうか。韓国文学にも興味が湧いてきます。沖縄文学を鏡にして韓国文学を読み直すという私の目論見は案外まちがっていなかったかもしれない」

「そうだね、表現も状況も文学もダイナミックに動いているからねえ、沖縄では……。辺野古も十年先はどうなっているか分からない。軟弱地盤も発見されて、埋め立てには十数年もかかると言われている。韓国と北朝鮮の関係も今はよく分からない。韓国と日本の関係も流動的だ。しかし、それだからこそ研究のやりがいもある。この時代に生きていることも意味のあることのように思えてくる」

「うん、そうですねえ」

上原の言葉にジジュンは笑って相槌を打つ。それから二人は声を揃えて「そうだろう」と再び声を上げて笑った。

二人には有意義な意見交換の場になった。やるべき方向もテーマも決まった充実感で、冗談の言葉とは裏腹に二人の心には熱い思いが込み上げてきていた。

「カムサハムニダ（有り難う）、上原さん」

ジジュンが久し振りに韓国語を使ってお礼を言い、上原を見て微笑んだ。

2

上原は、「集団自決」の現場である渡嘉敷や座間味を訪ねてみたいと思った。これまで沖縄戦の体験者や研究者の話を聞いてきたが、やはり体験者の言葉には力があった。沖縄戦を自明なことととして、知っているつもりでいた自分を恥じた。

また詩人たちは沖縄戦だけを詩にしている訳ではなかった。例えば久米島出身の詩人宮里静湖はシベリアの抑留体験を詩にしている。また宮古島出身の詩人克山滋は、六年もの間、南洋諸島での戦争体験がある。戦争体験を継承する詩は様々な場所での体験が語られている。それゆえに様々な戦争の実態を確かめたかった。

そして特異なことは、渡嘉敷島や座間味島などで起こった「集団自決」のことを直接対象にして詩の言葉を紡いだ作品はほとんどなかった。なぜだろう。余りにも生々しく、また悲惨であったからなのか。このことの意味を、現場に立って考えて見たかった。研究者としてだけでなく表現者としても大きな示唆を得ることができるような気がする。

伝手（つて）はあった。「おもろ文庫」を主宰しているKさんだ。Kさんは、上原の詩集を出版してくれたことがある。また、以前にも上原が編集委員の一人として参加し、高教組が出版した高校生向けの副読本『沖縄の文学・近代現代編』の編集に協力してくれたことがある。当時は県内では名の知れた出版社の編集者であったが、今は独立して「おもろ文庫」を立ち上げていた。

Kさんは様々な市民活動にも参加していて、名護市史『本編3名護・やんばるの沖縄戦』の専門部会の委員であり、渡嘉敷・座間味等での悲惨な強制集団死（集団自決）の真相を探る「集団死・集団自決の調査研究プロジェクト」を主催する市民団体の事務局に加わっていることを教えてもらっていた。

Kさんに電話で協力を依頼すると喜んで了解してくれた。それだけではない。同行して案内してくれるというのだ。現地での案内人も紹介し、さらに宿泊や船の手配もしてくれるという。願ってもないことだった。

　ジジュンにこのことを告げると、自分も参加したいという。さらに広がって、ボーミックや国吉貴子も貴重な機会なので是非参加したいと言った。Kさんも了解してくれた。

　Kさんは、渡嘉敷島、座間味島を訪ねる前に事前学習として二人の関係者を紹介したいという。このことも願ってもないことだった。上原とジジュンはKさんに案内されて二人の関係者に会った。ボーミックと国吉貴子は現地の参加のみだ。

　紹介された一人は、地元新聞社の記者で謝花直美（じゃはななおみ）さん、他の一人は、渡嘉敷島「集団自決」の現場から生還した吉川嘉勝（よしかわよしかつ）さんだ。

　謝花直美さんには『証言 沖縄「集団自決」―慶良間諸島で何が起きたか』（二〇〇八年）の出版がある。新書版だが紹介文は次のように記されている。

「アジア・太平洋戦争の末期、戦場となった沖縄・慶良間諸島の渡嘉敷、座間味、慶留間の島々で、住民の『集団自決』が起きた。何が約六百名もの人びとを死に追いやったのか。これまで黙して語らなかった人を含む、凄惨な戦争の生存者たちが、歴史を書き換えようという動きに抗って、当時の実相や現在の思いを証言する」

　上原とジジュンはこの新書版の著書を読んで謝花さんに面会した。謝花さんとKさんは那覇市内のハーバービューホテルロビーの喫茶コーナーで待ってくれていた。上原とジジュンが感謝の言葉を述べ、面談の趣旨を述べた。

「ええっ？　インタビューなんですか？　簡単なおしゃべりだと思ったのに……」

謝花さんは戸惑いの表情を浮かべたが、上原とジジュンの繰り返すお願いの言葉に、やがて観念したように話し出した。

「私が渡嘉敷の『集団自決』（強制集団死）を取材していたのは、歴史教科書の修正問題などがあって報道が沸騰していたころでした。二〇〇六年ごろですね。これまで私は慶良間へ沖縄戦の取材では行ったことはなかったんです。また『集団自決』は何かの目的に利用すべきではないとも思っていました。新聞の報道は一過性の面もあるので、そのような形での取材はできないと思っていました」

「でも、『集団自決』の問題で岩波書店と大江健三郎さんが訴えられ、教科書が書き換えられるという事態が進行していたので、やっと慶良間に行く決心がついたんです。裁判や教科書の問題で当事者や地元の声が抜けていたので、その声を聞きたいと思ったんです」

「一週間に多いときは3回ぐらい渡嘉敷や座間味へ出かけました。お茶を飲みながら話のできる人を訪ね歩くことから始まりましたが、取材は難しかったです」

「吉川嘉勝さんとの出会いもありました。当初はあまり多くは語られず、後に県民大会の壇上で意見を述べるような印象はなかったです」

「『集団自決』の取材の際に心がけたことは、死んだ人の声を聞きたいということでした。もちろん、生きた人の声も大切だし、生きた人の声を通してしか聞けないけれど、そういう意識を持っていました」

「沖縄戦の取材では、生きて苦しんでいる人たちの背後にいる多くの死んだ人たちの声も含めて聞くことが大切で、命の軌跡の取材だと思っていました」

「座間味でのことですが、ある女性が『集団自決』の場面を丁寧に話をしてくれました。生々しい証言で衝撃でした。この証言は、教科書裁判でもフィードバックされていくのですが、一方で命のやりとりをした家族の歴史でもあった。県史などにも記録されていない初めて聞く証言で、胸が痛かった」

「金城重明さんの証言を聞いたときも、言葉の背後に埋もれている事実、語りから洩れるものの大切さも見えるようで、切れ切れに利用されてはいけないように思いました」

「私が実際に『集団自決』で家族を手にかけた人の話を聞けたのは数名だけでした。それ以外にもいらっしゃったのですが、関係者はかわいそうだから聞くなよと言われて、聞けなかった。手榴弾を投げたのは、だれだれさんと分かっているけれど、村の中で生きるには語れないんです。語ってはいけないのです」

「でも、村の中でその人たちが生きていけるようにするのも新聞の仕事の一つだと思うんです。沖縄の中でそのような心の傷を持った人たちが生きていけるようにするのも公的な使命をもった新聞社の仕事だと思うんです」

「取材は『命語い(ヌチガタイ)』という連載記事になるんですが、その記事の初めは新聞の一面に無理に置かせてもらいました。ある意味、新聞社の覚悟を示す必要があったのです」

「一面は新聞社の顔ですから、戦争の証言シリーズを一面に置くのはどうかという議論も出たのですが、それをやったのです」

『証言を公にし、それを県民全体のものにしていく。人々の『集団自決』の証言は歴史修正主義に対峙する力になると思ったんですね」

「沖縄戦の中でも集団自決は象徴的な出来事で、触れることは一種のタブーだという考えも一部にはあったんです。でも日本国家との距離をどう測るか。このことを考えるには沖縄戦や『集団自決』は重要な出来事だった。総体的な目を持つためにも大切だった。オール沖縄メディアのような態勢でこの問題を取り上げるようになったんです」

「住民が戦争に協力したという視点から『集団自決』を捉える論議や視点は報道には全くなかった。『集団自決』を取り上げたのは戦後六十年特集の一つで、二〇〇五年ごろだったが、取り上げることへの異論もあり、意義は何かと、社内では何度も議論しました」

「辛い思いをした人々だから沖縄戦の証言でも、聞くことはできないとずっと思っていました。だけど書かなければいけないと思った。島の人たちには、話すことは大きなプレッシャーになっていた。それを理解しながら、話してもらわなければならなかった」

「でも、新聞の紙面をみて、島の人々も徐々に私たち新聞社がやろうとしていることを理解するようになったんですね。そして新たな証言者も出てきたんです。吉川さんが証言を始めたのもそのころで、とても印象的でした」

「島ではカジマヤー（九十七歳）を祝う歳になって初めて証言する人もいるんですよ。あっ、自分はこの歳まで生きてしまったのか……、日々失った子どもたちのことを思って生きてきたことを話す。生き直していく人々の姿を、そういう場面に立ち会って見ていくことは、とても意義深く感銘しました。人間の生きる力を見る思いです」

「一回しか言わないよ、と言って島の人たちは証言するんです。涙は見せないけれども、心の中で泣いているのが分かるんです」

「沖縄の人は基地問題で負けたことはないですよ。今も闘っているんだから負けたことにはならないですよ。戦後は苦しい闘いをずっとやってきたんだが負けたことはない。苦しい時代もあるけれど、自分たちの力を見つめ直して、また次の戦略を考えてきた。したたかですよ。もちろん、沖縄の基地問題は勝ち負けではない。戦争や平和の問題は勝ち負けではないですよ」

謝花さんは、そう言って小さな笑みを浮かべた。現場を手に入れて、現場から声を拾い続けてきた一人の記者の、いや一人の人間としての強さと信念を見る思いだった。社に戻るという謝花さんを、上原とジジュンは立って見送った。上原は話が聞けて本当によかったと思った。

「今も闘っているんだから、基地問題で負けたことはないですよ」

この言葉が、上原の脳裏で強く共鳴を続けていた。

3

その日の午後には吉川嘉勝さんを訪ねた。吉川さんは昭和十三年渡嘉敷生まれ。琉球大学を卒業後、長く教職に携わり、故郷渡嘉敷島では教育委員長の重責を務めて公職から退いている。吉川嘉勝さんは今から十一年ほど前の二〇〇七年九月二十九日、宜野湾市の海浜公園で開催された教科書問題を糾弾する県民大会で登壇し意見を述べた。当時の様子は、地元新聞で次のように報道された。

文部科学省の高校歴史教科書検定で沖縄戦における「集団自決」（強制集団死）の日本軍強制の記述が削除・修正された問題で、「教科書検定意見撤回を求める県民大会」（同実行委員会主催）が車椅子に乗ったお年寄り、子ども連れの親子、一般市民や団体、労働組合、経済界、次代をになう中学生、高校生など県内外から十一万人が集まり、会場を埋め尽くしました。宮古（二五〇〇人）、八重山（三五〇〇人）でもこれと連動した大会が同時刻に開催されました。

渡嘉敷島「集団自決」の生き残りの吉川嘉勝さんは、「軍隊の弾薬、手りゅう弾が民間人に渡らなければ集団自決は決行されない。手りゅう弾は日本軍から渡された。集団自決の背景は皇民化教育、軍国主義教育、戦陣訓の住民への宣撫、島民に対する差別、閉ざされた環境、日本軍の命令、誘導、示唆などの関与がなければ、あのような惨事は起こらないと結論付ける事実は山積している。事実の歪曲を許してはならない」と静かに訴えました。

吉川さんの元には、その後講演や講話、また現地の案内などの依頼が数多く舞い込んだ。二〇一七年十二月現在で、講演講話や現地ガイドは三六八回に及んでいるという。忙しい中、申し訳ない気がしたが、吉川さんが指定した繁多川（はんたがわ）公民館の一階フロアで体験を聞いた。

吉川さんは、多くの資料を持ってお見えになった。「私は集団自決の生き残りで慶良間の教訓を伝える義務がある」と静かに語り始めた。

「戦争の時、私は満六歳でした。私の母は島のカミンチュ（神人）でした。戦後父の命日には、家族揃って父の思い出や戦争の思い出などをいろいろと話し合っていました。外部に向かっては話さなかったが身内では話し合っていました。だから私の記憶にも鮮明に残ったと思います」

「村史の編集に私は理科の教師なので自然科学分野で関わったが、その中で記憶や記録することの大切さに気がついた。体験の記憶を失わないようにメモをすることから始めた。戦争の記憶がなくならないうちにと書いた。慶良間の戦争について質問があったら答えるためにメモをしたんだ」

「写真なども好きなので、それらを使いながら気がつくままに整理してきた。これがその冊子です。差し上げますのでどうぞご覧下さい。戦争のこと、沖縄の将来への思いなどもこれに書いています。私が関わったこと、話したことなどを記録として残しています」

「いろいろな資料がありますが差し上げます。どうぞ参考にしてください。これは渡嘉敷に駐屯した兵士の陣中日誌です」

「いろいろと細かいことが書いています。渡嘉敷に行くのでしたら、せっかくですので、参考にしてください」

「私も島で先輩たちから聞き取りをしたのですが、最初はなかなか話してくれなかったですよ。いろいろ収集したデータなどもエクセルで処理して表などにしてあります。島の教育委員会に勤めていたときに、若い人たちと一緒にいろいろと調査をしたんです。地図なども付けているのでご参照ください」

「この写真は特攻艇を収めた場所です。秘匿壕です。実際には使われませんでした。これは自決場です……。その跡地です」

「戦争は女、子どもを犠牲にするとよく言われていますが、渡嘉敷の戦争はこのことをよく現しています。この死者の数などのデータを見ると一目瞭然です。(作成した資料を示す)」

「これは『集団自決の真実と背景』という冊子です。私の思いを書いています。先輩たちから手紙などをもらったのも書き込んでいます。私の証言の裏付けというか、そのようなことが書いています」

「米軍の上陸経路とか、手榴弾がいつ配られたのか、なども書いています。集団自決はなぜ起こったのか、ということなど……。皇民化教育などが原因ではなかったかということも……。これは現在まで続いているのではないかという私の感慨なども書いています」

「子や孫のためにも記憶を残したいと思います。引き継いでいきたいと思います」

吉川さんは、用意した資料を説明し、それらをすべて差し上げると笑顔で語りかけた。吉川さんのそのような対応を忖度（そんたく）し、直接の体験を聞くことは差し控えた。何度も何度も話してきたのだろう。何度も何度も辛い思いをさせることは本意ではない。そう思って資料を受け取り、作ってきてくれたことに感謝した。

吉川さんから渡された資料には多くのことが書かれていた。驚愕する事実も多かった。その中の二つの資料『「集団自決」場跡地』と、『沖縄戦渡嘉敷島「集団自決」の背景と真実』には、次のような記述がある。

◇『「集団自決」場跡地』（1～2頁）

慶良間諸島は、沖縄戦における米軍最初の上陸地である。皇民化教育の徹底と交通通信手段が貧弱で情報不足を余儀なくされた慶良間諸島の住民は、辛酸極まりない沖縄戦の中でも、最も悲劇的な戦争体験を余儀なくされた。

米軍の慶良間諸島攻撃部隊は第77兵師団で、艦船約80隻、上陸用舟艇22隻で編成され、空母と駆逐艦の護衛のもとに上陸作戦に臨んだ。その目的は沖縄本島総攻撃に備え、艦隊の投錨地を確保し、慶伊干瀬（チイビシ）の神山島を占領して沖縄本島上陸の援護砲撃をすることであった。

一九四五（昭和二十）年三月二十三日、猛烈な空襲が始まり、数百の艦艇で慶良間を攻撃した。慶良間では、午前十時ごろ最初のグラマンが飛来し、その後、次々と続いて民家を攻撃し、山野へ爆弾を投下した。二十四日からは西方海域から渡嘉敷への艦砲射撃も加わった。渡嘉敷の日本軍は二十六日に出撃を断念し、船艇を自軍で沈めている。米軍は三月二十六日阿嘉、慶留間、座間味を上陸占拠し、三月二十七日渡嘉敷島の阿波連海浜と渡嘉志久海浜から同島へ上陸した。

パニック状態の字阿波連と字渡嘉敷の島民は、山裾の防空壕を離れ、防衛隊の誘導で、雨の降りしきる二十七日深夜、日本軍の潜む北山（ニシヤマ）方面へ移動を始めた。よく二十八日、森林におおわれたニシヤマの川裾や平坦地に島民は集合した。北山への移動は赤松嘉次隊長の命により、当時の駐在巡査と防衛隊員が指揮した。北山の雑木林で村長や島の有志が話し合いの後、村長の音頭で「天皇陛下万歳」三唱の後、手榴弾による自決が始まり、処々で爆発が起こった。しかし、手榴弾は不発弾も少なくなかったようだ。そこで人々は、親が子を、兄が妹を、夫が妻や家族を、防衛隊員が島民を、親子兄弟家族、あらゆる手段で殺し合いを試み、やがて、そこは修羅場と化していく。我が集団では、三男兄が2個、長女婿が2個の手榴弾を持っており自決を試みたが、4発とも不発であった。そのようなとき母の冷静な勇気ある誘導でその場を逃れ今を生きている。

戦記『鉄の暴風』では、隊長の命を受け、当時の村長が音頭をとったことになっている。また、このとき、軍の自決命令が確実にあったと証言する島の関係者もいたが、二十五周年に沖縄を訪れた海上挺進隊第三戦隊隊長、赤松嘉次は「その責任はわたしにあるが、自決命令は出さなかった」と証言している。

沖縄戦当時の渡嘉敷村在住者は千人前後であったと推測される。その中で数百人の人々が、島の北方の雑木林北山に日本軍赤松嘉次隊長の命令により集結させられ、住民は「集団自決」(強制集団死)に追い込まれた。集団自決の犠牲者は三三〇人。そのなかに親族の犠牲者も多数いる。一家全滅家庭七四世帯一九七人(字渡嘉敷に十六世帯、字阿波連五十八世帯)、字阿波連には家族十三人全滅の家庭もある。(中略)

筆者もこの集団自決の場からの生き残りとして、各所で証言と主張を行ってきた。体験者が次々と冥土へ旅立つ昨今、今となっては私たちの世代が集団自決を記憶する最も若い層になりつつある。

渡嘉敷島の集団自決に関する軍命・軍関与の有無については、以下の要点を主に証言してきた。島の人々の死は、そこにいた日本軍とは無関係に、彼らの主張するように、島民の自発的な「尊厳死」「殉国死」「崇高な死」「家族愛の死」であったのか。

いや、「日本軍は、諸々の命令・強要・関与・宣撫により渡嘉敷島の住民を『集団自決』

に追い込んだ」のだ。

そう結論する理由とは

① 日本軍のいない島では集団自決は起こっていない。

② 北山（ニシヤマ）の雑木林に赤松嘉次隊長が住民を集めなければそのような惨事はなかった。

③ 日本軍が手榴弾を住民に配らなければ、北山での住民自決は決行されなかった。

④ 防衛隊員が「集団自決」場にいたことは「軍命」「軍の関与」以外のなにものでもない。

⑤ 渡嘉敷の場合、自決場以外での「集団自決」はなかった。

⑥ 沖縄県民差別と皇民化教育の徹底、閉ざされた環境……が、「集団自決」を後押しした。

◇『沖縄戦　渡嘉敷島「集団自決」の背景と真実』（3～5頁）

わたしたち家族も、親戚や手榴弾のない近くの家族も加わって、二～三十人の円陣を作った。役場職員だった十六歳の三男兄勇助は、役場をとおしてもらった2発の手榴弾を持っていた。日中戦争の兵役を終え、島の防衛隊員として現地召集され、軍役にあるはずの義兄（長女婿）もいつの間にかそこに加わっていた。

「ぼくらも始めるぞ」と言って、兄は手榴弾の栓を抜き信管をたたきつけ円陣の中央に置いたが、3秒、5秒、10秒……、その手榴弾は爆発しない。2発目も同様であった。やがて父が叫んだ。「火を燃やしてその中にぶち込め」と。そのようなとき、立ち上がった母が右を指さし方言で叫んだ。

「ユウスケ、ウヌ、手榴弾ヤ、シティレー。アネ、信秀兄サンターヤ、ヒンギール準備スセー。ヤサ、死ヌシヤイチヤティンナイサ。ンナ立テー。兄サン、ウーレー（勇助、その手榴弾は捨てろ。あれ、従兄の信秀兄さんは逃げる準備をしている。そうだ、死ぬのはいつでもできる。みんな立て、兄さんを追いなさい）」。

姉の話では、母は最後に「命ドゥ宝ヤサ」と言っていたという。

すぐさま、家族は何の躊躇もなく全員従兄の後を追った。おそらく数分も待たなかったでしょう。近くに爆弾が落下し、父は「うーん」と一声残し、起き上がることはなかった。頭をやられ即死である。二女は、「お父さん、お父さん……」と叫んでいたが、何の返事もなかった。父をそのまま残し、家族は前へと進んだ。妊娠七か月の身重の長女は、この爆撃で負傷した義兄を抱えながら最前列を歩いていたが、父が死んだことさえ知らなかった。我々を追って、おそらく数十人の村民が自決場を後にしている。

三月二十九日朝、自決場に現れた米軍は、生きる見込みのある者は担架で海岸まで運び、座間味で治療を施した。生きる見込みのない者には痛み止めの「モルヒネ」を注射したと戦記に残している。三日後に自決場を訪れた住民に助け出された従姉（母の兄家族）は、モルヒネ組であった。その従姉は、六人家族中、たった一人の生き残りである。自決場から約二百メートル先の赤松隊本部壕に隠れていた日本軍は、住民の集団自決を察知しながら住民に関わることをしていない。

それどころか、自決場から米軍に助け出され、座間味島で傷の処置を受けて生き延びた、渡嘉敷島へ帰された二人の少年は、通訳のつかない米軍の言動に怯え、両親が避難している山へ向かう途中、日本軍斥候につかまり惨殺された。八月中旬のことである。せっかく自決場を生き延びたのに、縁者の気持ちを察するとき、今も絶句する出来事である。

上原は資料を読み終えた後、目を閉じた。それから顔を上げて窓の外を見た。

手元にはもう一つの資料『慶良間　渡嘉敷島　陣中日誌　海上挺進第三戦隊』がある。詳細な戦いの経緯の他に、「戦死者名簿」と「戦時死亡者調書」が付されている。

「戦時死亡者調書」には、本籍、兵士としての経歴、死亡年月日、場所、傷（病）名、死亡時の際の勤務の内容などが詳細に記されている。例えば傷（病）名には、「頭部粉砕即死」「頭部切断」「全身爆創」「左胸部、左下腿部貫通銃創」など生々しい。

佐藤□□少尉の場合の「死亡受傷（罹病）状況」蘭には次のように記されている。

昭和二十年三月二十三日米軍来襲し苛烈なる空爆艦砲射撃を加え来る。佐藤少尉は水上特別攻撃隊少隊長として渡嘉敷阿波連基地に於いて砲弾下船艇の出撃を実施したるも敵の砲撃激しく出撃不可能となり阿波連基地を撤収北方復郭陣地に合流すべく三月二十七日十八時出発す。二十一時三十分頃渡嘉志久中央基地山頂に到着。附近に敵の通信器材らしきものを発見敵陣地近くにあるを探知す。依って中隊は敵陣突破を決行すべく行動中、敵と遭遇し重軽機を以つて猛射し来る。佐藤少尉は長時間の交戦不利と見るや毅然挺身斬込隊を編成、人員長以下二十一名を以つて敵陣に向かひ前進三十米附近に迫るや敵の火砲の猛射を受け必死の隊員を抱え一進一退となる。佐藤少尉は敵陣を偵察すべく部下一時撤退せしめ単身敵陣地に向かひ前進中惜しくも敵の一弾腹部を貫通、最早これ迄と鮮血吹き出る身を以つて日本刀を振りかざし敵陣目指し突撃、壮烈なる戦死を遂ぐ。

上原は目を閉じて小さくため息を漏らす。目を開けるとジジュンはまだ真剣に吉川さんからもらった資料に目を通している。声を掛けるのが憚られた。

渡嘉敷や座間味に渡り、「集団自決」の現場に立つとまた新たな感慨が湧くのだろう。しかし、戦争とは人間が死ぬことなんだ、という思いは変わらないはずだ。改めて実感させられた言い表しがたい悲しみと共に、憂鬱な気分が強く沸き起こってきた。

4

「お前たち、何か忘れてはいないか？」

「えっ、何でしょう……」

塚本教授からそう問われて、上原もジジュンもすぐには答えられなかった。二人、顔を見合わせたがやはり首を傾げるだけだ。

塚本研究室での定例のミーティングの時間の終わりに差し掛かったころだった。塚本教授は悪戯っぽい笑みを浮かべて、さらに謎かけのように自分を指さして問いかける。

「私のことだよ」

「えっ？」

「私たち、老人のこと」

「えっ？」

「君たちは学生や若者のアンケートは取っているだろうが、私たちのような還暦を過ぎた老人のアンケートは取ったか？」

「いえ……、そう言えば……、思いつきませんでした」

上原もジジュンも再び顔を見合わせる。

「私たち老人も立派な沖縄県民だぞ」

「はい」

「私たちにも沖縄の祈りがある」

「はい、そりゃあ、もう……」

「老人にも夢があるんだ。若者には未来があるだろうが、老人にあるのは過去だけではない」

「はい」

二人の返事に、塚本教授は一層笑みをこぼして語気を強める。

「多様な視点で物事を見ることは大切なことだ。いつも言っているだろう」

塚本教授は子どものように声を上げて笑った。それからくるっと腰掛けを反転させて、上原たちに背を向けて机の上に置いた紙の束を手に取る。それから再び腰掛けを反転させて向き直った。

「これは老人たちのアンケートだ。私の模合い仲間に協力してもらった。『いちむ会』という郷里の同級生仲間だが、毎月一回、カラオケハウスに集まって模合いをしている。二十名ほどだが、彼らに手伝ってもらった。彼らと彼らの友人や先輩たちから集めたものだ。参考になるはずだ」

「はい、有り難うございます」

上原もジジュンもアンケートの回答用紙を受け取って礼を述べた。

「言っておくけど、もちろん私は入っていない」

「ええ」

「それから、これは上原君へだ」

塚本教授は、もう一つのコピーの束を上原へ渡す。

「これは、元ハンセン病患者の平得壮市（ひらえそういち）さんという方の俳句と短歌を書いたノートのコピーだ。私は愛楽園の証言集の編集や交流会館を建設する際に企画委員に依頼されて自治会の皆さんと親しく関わったことがある。この縁で何名かの友人もできた。平得壮市さんはその一人だ。君が沖縄のハンセン病文学研究にも興味を持っているのが分かったので何かの役に立つだろうと思いコピーした」

上原がコピーに目を通しながらうなずく。

「平得さんとの面会も打診したが可能だそうだ。沖縄愛楽園自治会が発行予定の八十周年記念誌の編集作業を手伝っているSさんという方がいる。彼女に手配してもらえる。これが彼女の電話番号だ。いつでも訪問は歓迎するということだ。ジジュンも一緒に行ってみるといい。沖縄にいる間にハンセン病療養所を訪ねてみるのも、後学のためにいいことだろう」

「有り難うございます」

上原もジジュンも頭を下げた。

「以上！」

塚本教授の茶目っ気な配慮に感謝の言葉を述べて、二人は研究室を後にした。

院生室に戻って、ジジュンと上原は、ノートとアンケートにすぐに目を通した。

ジジュンはまずアンケートに目を通した。直筆の文字で書いたものがほとんどで、文字はどれもが個性的で微笑ましい。久し振りに他人の直筆の文字を見る感がする。なかにはパソコンを使って文章を綴ったものもある。アンケート用紙を自宅に持ち帰って書いたものだろうが、アンケートに真剣に答えようとする息遣いさえ感じられる。アンケートの文章は裏面まで、びっしりと書いた長文もあり、二、三行のものもありと様々だ。約五十枚ほどのアンケートだ。塚本教授は六十二歳。その年齢の「沖縄の祈り」だ。

ジジュンは、ゆっくりとアンケートに目を通した。

「私は昭和五十年に結婚し、娘二人に恵まれました。現在孫五人、ひ孫一人を得ることができました。家族一同喜んでいます。私たちの住んでいる沖縄は基地の中にあり、毎日いろいろな出来事があって心が痛いです。今からの世の中は、ひ孫の代までも、皆が平和で住みよい沖縄であることを願っています」

「大きいテーマのため筆がすすみかねますが、いつ、いかなる場所においても人々の祈りは平和、泰平の世です。たくさんの宗教のある中、沖縄では祖先崇拝が根付いているため、人間的には比較的穏やかで温かい性質の人が多い。そんな環境の中で育った自分はかなりのんびりとしていて甘い。でも、この沖縄の人々の温かさは、たくさんの先人たちの犠牲の中、生きて行く強さの中で育まれた優しさだと思う。清明祭はじめ、カミンチュ（神人）との交わり行事が衰退することなく根付き、大切にしていることが、子々孫々に引き継がれ、ひいては子孫まで、人としてのありかたが目に見えない教育として浸透されているのだと思う。私も年齢を重ねた分、大切にしてきた先祖への思いを自分のできる範囲で伝えていきたい。すべては愛ある思いから。小さな思いは一人二人と増え、大きな思いへと繋がるはず。昨今、たくさんの胸痛む事件等多いが、各々が他人のことを思う心を意識していくようになれば……、と願うものです。先祖に誇りと感謝を胸に、家族が平和で幸せでありますようにといつも祈ります」

「沖縄の祈りのテーマは重く、何もできない自分ではありますが、ただただ、平和、ミルクユ（弥勒世）を願い、祈るばかりです。心優しいウチナーンチュが、心穏やかに暮らせるよう、基地問題や母子家庭問題等、課題が山積みですが、原点を見つめ、身近なところから、力を合わせて頑張っていきましょう」

「私の願いは、①沖縄の軍事基地撤去　②世界が平和でありますように　③地球上から戦争をなくしてもらいたい。この3点、心から祈ります」

「県民の気持ちに寄り添うといつも言っているが、この言葉に怒りを覚える。やっていることは真逆だ！　県民を馬鹿にするな！」

「戦争や基地のない沖縄が願いです。辺野古新基地建設、絶対反対です」

「一六〇九年、薩摩藩による琉球王国への武力侵攻からヤマトゥによる沖縄の苦難の歴史が始まる。その後、明治政府による清国との間に琉球の帰属問題が浮上し、明治政府は琉球列島の分割を模索した政策をとる。一八七九年の廃藩置県は琉球王国の一方的解体による琉球処分となり、これは明治政府による日本併合事件である。沖縄県はヤマトゥ政治による統治を経る中、太平洋戦争から本土防衛の盾となるべく沖縄玉砕作戦の軍略によって苛烈な戦場となり、二十万人余の人柱を築き、県土は焦土と化した。戦後米国の植民地になり、自治の否定、土地の強制接収による軍事基地の建設、そして拡大強化による県民の軍災は殺戮事件と相俟って増加した。命を守り、人権を奪還する闘いは、米帝による圧政からの解放を希求する祖国復帰運動へと継承されていく。大衆的復帰運動は圧倒的民意を持って支持され、復帰そのものは達成されたが、内実は欺瞞的なものであった。そこには前述した史実から、日本国家権力のウチナーンチュに対する異民族視した構造的差別観が内在することが露呈された。このことは、今日の辺野古問題に集約される沖縄を蔑視した人権無視の生殺与奪の武断政治が政権によって実践されていることによって明らかである。かつて沖縄はこれらの運命を左右する大きな事象に対して自立的に自決権を行使したことはなく、時の権力に服従させられ翻弄された歴史をもつ。日本国家が琉球民族と大和民族との多民族国家として成立しないのであれば、沖縄は主権を伴う特別自治区として、否、琉球国として独立すべきだと主張する。我々は日本政府のあらゆる偽装された融和政策によって擬似的繁栄を見ているが、そこに露出してきたのが不条理の羅列であり、まさに辺野古問題に帰結する。これ以上我々は負の遺産としての沖縄を子孫に甘受させてはならない。権力による悪の連鎖は、我々の手で断ち切るは必然である。今こそ沖縄の自治、自然、文化、言語等まで守る国造りに思考を巡らし、ウチナーンチュとしての矜持を死守するか否か、歴史の分岐点に置かれているような感がする。日本政府は直ちに辺野古土砂搬入をやめ、埋め立てを撤回しろ！」

「辺野古反対を全世界に発信しよう！」「辺野古には絶対基地を造らせてはいけない。静かなやんばるが一番」「最近、沖縄の昔ながらの風景があまりにも変わりすぎて戦前や戦後間もないころの景観がなくなりつつある。家の周りには強風避けの木々や果樹、食用のバナナなどが植えられていたが、この風景を残したいものだ」

「最近気になることは、辺野古新基地建設のことです。政治のことを詳しく知っている訳ではなく、主婦の立場からですが、沖縄県民の意志はまったく無視されて毎日が新聞を見るのも嫌な気持ちになります。特に県民は保革を越えて全県民が移設に反対できないのかと思っています。経済界、政治家は、学者とも連携して議論をして欲しいですね。当初は、基地ができるまでは五年内とか言っていましたが、ここ最近、軟弱地盤だといって設計を変更し、十五年は要すると言っています。自分たちは高齢でいいのですが、子や孫のことを考えると心配ですよね。諦めずに移設反対の声を、みんなで上げていきたいですね。生まれはやんばるですが、仕事の関係で那覇に住んでいます。時々やんばるの行事などの話を聞くと、懐かしいですよ。歳を取ると友達と会ってユンタクするのが長生きの秘訣ですね。地域では女性はよく外出しますが男性はどうでしょうか。私の住んでいる首里では、毎月、模合い、グランドゴルフ、子どもたちの見守りとかをやって充実していますよ」

「順風に帆を上げ、旅の無事を祈り、豊漁を願って山へ登り、草木を焚いて白雲を起こし、遠くの船に祈りを捧げて見送った。琉球の海上へ来るイギリス、オランダ、薩摩の泥棒への備えのためには、各部落の屋号を同じくし、若者には名を変え、ヤンミー、ヤッチー、アンナー、ウンミー、ナベ、カマ、カマドと名付け、身体にはハジチを入れた。月の一日、十五日には、立身出世、健康を願い、線香を立てて神に祈った。戦後は死者と平和への願いへと変わっていった。現在は政府によって国民皆背番号を与えられ、人々は見えぬ煙に包まれて喉の渇きを覚えている。竜の目は赤く、亀の目には涙、白髪の友は、竜宮、琉球に帰りたいと祈っている」

「自然と人情豊かなやんばるで、貧しいながらも生まれ育った団塊の世代。祖国復帰運動に燃え、希望ある沖縄の未来を夢見た。いよいよ社会人、定年退職とサンデー毎日を過ごすも、ワジワジーの日々多し。普天間、辺野古等、基地押しつけや沖縄に対する差別と理不尽な行為に心痛む。命どぅ宝を噛みしめ、沖縄県民は心一つに発展してきた。おかげで沖縄観光は活況を呈し、自然文化に親しむ観光客も増えてきた。願わくは一人でも多くの観光客の皆様が、沖縄の苦悩を理解してもらうことを切に願う今日この頃である」

「大和人よ自らを守る安保にて沖縄を責めるはやめてよ（歌人・桃原邑子（とうばるゆうこ））。かつて武器を持たない静謐で栄華な琉球王国が存在した。先の大戦で凄惨な地上戦を強いられ尊い二十四万人余の人々が犠牲になった。唐の世から大和の世、大和の世からアメリカ世、そしてまたまた大和の世。沖縄の政治は常に中央政府の外交の道具にされ、翻弄され、差別されてきた。沖縄の平和が蛇行している。真の平和が訪れますように声を大にして祈る。また昨今の政府の施政を危惧している。恒久平和を求めるのは人類（国民）の願いである。日本国憲法九条（戦争放棄、戦力不保持、交戦権否認）の永遠の堅持を求めます。沖縄の黄金言葉に、ウムイチュラサ、行（ウクナ）

イチュラサ（思い清らさ、行い清らさ）、チュイタシキ　タシキ（互いに助け合い）、イチ世マディン（いつの世までも）、ツギティイカナ（継いでいこう）があります。そういう時代が来ることを切に祈る」

「沖縄は戦後七十年余経ても今なお米軍基地があるゆえに様々な問題が山積している。いつになったら解決することができるのでしょうか。新たな基地ができたら、百年、二百年先の私たちの子や孫の時代まで続くことになる。戦争に加担する基地は、もうこれ以上増やすことは絶対に防がなければならない。基地問題は沖縄だけでなく全国民が考えるべきである」

「私は戦後生まれの団塊世代。昭和四十年代ごろ地元で仕事に就き、本土への出張や先進地視察に行く機会が何度とあった。その度に、その地域に三百年、一千年と生き続ける大木の自然、歴史的遺産（建造物）に釘付けになり、日本の美に圧倒された。沖縄はどうか。沖縄では日本を守るための地上戦があり焦土と化した。その後も日本本土のための軍事拠点としてアメリカの植民地になり、銃剣とブルドーザーで土地を強制接収され、基地の沖縄とされた。また敗戦による慰霊碑の多い沖縄でもある。戦後七十年余、過重な基地負担に苦しむ現在において、沖縄県北部、辺野古に新基地を建設して、二十二世紀まで利用可能な基地建設が強行されている。沖縄は現在、世界各国から年間九六〇万人ほどの観光客が来県している。観光産業は平和産業であり、これからの沖縄の自立的発展には、軍事基地の返還と、新基地建設の阻止を行い、返還後の土地利用により、チムグクル（真心）のある沖縄、チュラ島（美ら島）の沖縄の二十一世紀ビジョンを振興し、子や孫が本当に幸せになるよう願う」

ジジュンは、先輩たちのアンケートを読みながら途中で顔を上げた。これが生活の言葉だろう。これが届く言葉なのだろう。どれもが素直な感慨を綴っている。朴訥(ぼくとつ)ではあるが言葉に力がある。

ジジュンは、遠く離れた韓国にいる父母や祖父母のことを思いやった。肉親の人生を思いやった。益山（イクサン）市の郊外で、ニンジン畑を耕している父の顔が目に浮かぶ。額の汗を拭う母の顔も目に浮かぶ……。そして恋人、趙正美のことも目に浮かんだ。同時に目頭が熱くなった。国を隔てても同じ人間なのだ。沖縄の祈りだけでなく人間の祈りだ。先祖への感謝の祈りだ。それから気を取り直し、再び残りのアンケートを捲った。

※

上原は、平得壮市さんの俳句や短歌に目を通した。上原が沖縄のハンセン病文学に興味を持ったのは、沖縄文学研究の最中に、ハンセン病療養施設「沖縄愛楽園」で過ごし、短歌を作って一生を終えた新井節子（あらいせつこ）の短歌に出会ったからだ。新井節子のことや沖縄のハンセン病文学について、もっと知りたいと思い塚本教授へ教えを請うていたのだ。

上原が新井節子の短歌と初めて出会ったのは、勤務する高校で選択科目「沖縄の文学」を担当し、教材化する作品を探していた際のことだった。『沖縄文学全集3 短歌編』（一九九六年）を読んでいると、偶然にも収載されている新井節子の短歌に出会ったのだ。目が釘付けになった。衝撃的でさえあった。

新井節子の短歌には紛れもなく彼女の人生が歌われており、言葉の深さや表現の意味について考えさせられる大きなインパクトがあった。是非、高校生諸君に紹介し、文学の力やハンセン病や人権についても考える機会になればと思った。

県立図書館などを訪ね、『ハンセン病文学全集』（二〇〇六年）から新井節子の短歌を抜き出した。また、沖縄愛楽園で発行されていた機関誌『愛楽』の文芸欄をも調べた。彼女が投稿していた当時の短歌誌『九年母』も調べた。新井節子についての紹介はどの書籍にも少なかったが、断片的な記述を繋ぎ合わせ、作品を整理し、高校生たちに次のように紹介した。

「新井節子については多くのことは分からない。ハンセン病患者の多くがそうであるように、発病や来院の経緯等は定かでない。一九二一（大正十）年に今帰仁（なきじん）村に生まれ、愛楽園に入園し、院内の合同句歌集『蘇鉄の実』や、『全国ハンセン病合同歌集』で活躍する。活躍はそれだけに留まらず県内発行の院外の合同歌集『九年母』でも活躍し、昭和三十四年には『短歌研究』新人賞を受賞した。新井節子の短歌は、繊細な抒情性と鋭敏な感性と語彙の豊かさにその特質がある。宿命の病を引き受けて自己を凝視する視線の強さから弾かれる言葉は、読む者をたじろがせるほどだ」

このように紹介した。新井節子の短歌に接して表現することの意味を考え、文学の力を感得し、同時にハンセン病に対する理解を深めることに繋げ合わせることは可能だろう。上原は当時の高揚した気分を思い出した。

新井節子の主な短歌には次のようなものがある。

○裸樹しろき亀裂のごとき愛ひとつ蘇る礫(こいし)の道ふみゆけば
○ひと生(よ)病む遠離の果てをおもうとき夕雲よ炎のごとく奔れよ
○落ち鷹のごとき流離の島めぐり海はけわしき冬の表情
○傷つけし胸部(バスト)いたわるわれの夜々にひびきて海の孤独なる声
○アルコールに浸して夜は爪ぬぐう吾に残りたる宝石の如
○究め尽くせしものひとつなく昼も夜も臥しおれば白き獣にも似る
○桜貝は埋もるる深さに止(とど)まりてしらぬいの光差す暁を待つ

上原は新井節子の短歌を読んだ感動から、生意気にも塚本教授に私見を述べていた。愛楽園の入所者たちの書いたハンセン病文学も沖縄文学に包含するべきではないかと。塚本教授は、上原の生意気さに難儀を厭わずに付き合ってくれたのだ。

塚本教授は、平得壯市さんの俳句や短歌のコピーを渡しながら次のようにも言った。愛楽園自治会には、塚本教授の友人の勤める県外の大学院での教え子のSさんが働いている。Sさんを通して平得壯市さんの句歌集のノートのコピーを手に入れた。Sさんは平得さんのインタビューの仲介をしても構わないと言っている。そんなことなどを教えてくれたのだ。

沖縄を文学作品で理解するには、もう一つの沖縄文学の生まれる愛楽園を訪ねることも無意味なことではないように思われた。あるいは人間や文学の根源的な視点を知ることに繋がるかもしれない。それこそ塚本教授の言う多様な目だ。差別はなぜ起こるのか。沖縄への差別、病者への偏見、弱い者を蔑視する構造はどこから生まれるのか。人間の高慢さを糾し、次世代へ伝えたいことが見つかるかもしれない。

すぐにでも平得さんの話を聞きたかった。上原は逸る心を抑えて、平得さんのノートに目を通す。「俳句ノート」や「短歌ノート」からは期待したように、生きることと書くことの根源を見つめた作品が数多く浮かび上がってきた。作品は刺激的だった。

〈俳句〉

○春雷のさなかに手にす友の文　○庭先に夏到来の蝉時雨
○人生の苦楽を秘めておぼろ月　○娘より絶縁迫られ山笑ふ
○偏見と差別薄らぐ春いちご　○感情を散らして怒る天の川
○友逝きて月夜の部屋に音を断つ　○予防法の歴史の怒濤鰯雲
○慰霊碑の供花に飛び交う夏の蝶　○終焉の地と定めしや園の春

〈短歌〉

○区切られし十万坪の療園に住み行く一生哀しむなかれ
○吾が病必ず癒ゆると信じつつ父は待ちおり十年経ちしも
○さざ波の音に親しみ夕映えの足傷癒えて浜を歩みおり
○木漏れ日の心静まるベンチにて老婆が語る長寿秘話

上原とジジュンが愛楽園を訪れると、Sさんが自治会室で温かく迎えてくれた。自治会室は日曜日ということもあって、Sさん以外の人の気配はなかった。自治会室にある大きなテーブルを前にして、Sさんは明るい笑顔で初対面のあいさつをし、愛楽園の開園までのいきさつや、園内の施設の配置などを紹介してくれた。

　どうして八十周年記念誌の編集に参加しているのか、プライベートなことであったが、上原はつい尋ねてしまった。しかしSさんは動揺する様子もなく、笑顔を浮かべて答えてくれた。長く東京で教員生活を続けていたが、子どもも成長し、手がかからなくなった。そこで長年の夢だったハンセン病施設での手伝いをするために教職を辞めて数年前から愛楽園の自治会活動の手伝いをしているというのだ。驚いた。安定した職業である教職を投げ打っての沖縄行きだったのだ。その持続された意志の強さに上原とジジュンは驚愕し思わず顔を見合わせた。

　Sさんは、上原とジジュンの驚きをまったく気にせずに、平得壮市さんの元へ案内してくれた。平得さんは園の西側にある住吉区の住宅に住んでいた。缶入りのお茶と茶菓子を用意して微笑んで迎えてくれた。テーブルを前に、背をぴんと伸ばして座る平得さんの姿勢は老いを感じさせなかった。むしろ若々しくさえあった。張りのある透き通る声で、記憶を紡ぎながら、てきぱきと話してくれた。質問にも淀みなく答えてくれた。

「ぼくは、俳句よりも短歌を書いていた時期が長いんですよ。昭和四十年ごろから短歌を書き始めましたね」

「ぼくは戦争が終わって昭和二十六年に愛楽園に入所しました。中学一年までは島で勉強しましたが、ここで学び直しました。その後、間もなく二十六年の十月十日に園の中の学校が公認校になりました。幸いでした」

「当時、沖縄県の知事は平良辰雄さんでした。生徒は小中校合わせて八十四人ほどいましたよ。屋良朝苗先生と喜屋武真栄先生が視察に見えました。愛楽園にはこんなにたくさんの生徒がいたのかとびっくりしていました。それから間もなく公認校になったのです」

「公認校になると、新しく三名の先生方が赴任して来ました。そして園の中にも教員の資格を持った人がいて協力してくれたんですね。自分が入校したときは学校はもう整備されつつありましたね。どんどん先生方も増えてきました。よかったです」

「学校を卒業すると園には青年寮というのがあって、ぼくもそこに入りました。園の中で一人で自活できない弱い人たちを助けていましたね」

「病院の先生たちは、ぼくたちもなかなか見ることができなかったんですよ。診察の時だけですね、見ることができたのは。看護助手なども園の人たちが協力して、やっていたんですよ」

「自分なんかも青年寮に入るようになっていろいろ困っている人たちの助けをしました。煮炊きをしたり、野菜を作ってあげたりしましたね。昭和五十年ごろからは、このような仕事は徐々に減っていきました。やがて炊事の仕事なども入所者から職員に移っていきました」

「園には三線同好会などもありました。文芸も活発でしたよ。大城立裕先生や船越義彰先生なども選考委員になって協力してくれました。今は文芸する人も少なくなりました。入所者の平均年齢が八十四歳ですからね」

「映画なども週二回ほど上映されました、楽しみでした」

「本土から川端康成という偉い文学者も来ましたよ。皇室の方々や今の天皇陛下も皇太子のころに、ここに見えましたよ」

「ぼくは与那国で生まれました。戦争のときは与那国です。B29飛行機が上空を飛んでいました。煙突の高い鰹節の工場があってそれが軍需工場と間違えられたのか爆撃されましたよ」

「ぼくは辺野古にも行ったことがありますよ。沖縄にだけ基地ができるのは悲しいですね」

「ぼくは自動車免許も持っています。免許取ってから五十年ぐらいになりますかね。この前免許更新でしたが合格しましたよ。ぼくは免許を早く取ったんですが、それがよかったです。車も買ってよく外出しました。正月には海中道路などの見学にも行きました。免許を取ったおかげで、ぼくは園の外に自由に行けましたので、他の人々と違って病気への悲壮感は薄かったですね」

「ぼくには娘と息子がいますが、ここでは簡単に子どもは産めなかったですよ。ぼくは幸い石垣に兄貴がいて、妻は兄貴の所で子どもを産んだんです。子どもは兄貴夫婦に預けて、妻は産んだ後にまた戻って来たんです」

「だから子どもを育てるためにお金が必要なので、白タクもやりましたよ。入所者の人たちを那覇まで連れて行って小遣いを稼いだんです。夜の人目につかない時間にね、実家に届けて送り迎えをしたんです……」

「今は園も様変わりしました。職員にもよくしてもらっていますが、以前は職員も怖かったですよ。外で買い物などに出て、職員に見つかったら密告されて巡査が来たんです。若いころは園から出て運動会などを見に行ったんですが、職員の巡視に見つかって逃げて帰ったこともありますよ」

「自分の短歌が短歌になっているかどうかは分かりませんが、このような施設にいるので、鬱憤を晴らすかのように短歌や俳句を書いたんです。ぼくは二十六歳の時にカトリックの洗礼を受けましたが、自分を支えるものがないとやっていけないんですよ。文芸をするというのも自分のもやもやした気持ちを外に出すためでもあったような気がしますね」

「母親はぼくが三歳の年に亡くなりました。父親だけに育てられましたが、父親も亡くなりました。女二人に男二人の姉弟ですが、もうみんな亡くなりました。今ではぼく一人になりました。兄は石垣島で鰹船を持っていましたが一時期は成功しましたが、これが失敗して大変でした。娘が石垣にいたので助かりました」

「ぼくは十年前に家内を亡くしました」

「ここから出て行った人たちは、結婚しても子どもがいません。外に出て結婚した相手から、あんたの友達はみんな子どもがいないね、と言われた人がいたそうです。男の人はみんなスジ切られていますからね。園内でスジ切られて外に出て行ったんですよ。だから子どもがつくれないんです」

「ぼくも危なかったですよ。あの日、隣の家の人が言うんですよ。あんたの奥さんは婦長さんに連れて行かれたよ。妊娠の兆候があるといってね、調べられるはずよ、って言うんです。ぼくはすぐに飛んで行った。ヤマグウ（暴れ者）だったからな、婦長に凄んで文句を言った。婦長は警察を呼ぶよ、と口論になった。ぼくは事情を説明した。石垣にいる兄夫婦の元で出産して兄夫婦の子どもとして育てる、などと事情を話したら、やがて納得してくれて、家内を帰してくれたんです。昭和四十六年のことですよ。そのころにも、まだ、なかなか子どもはつくれなかった」

「一九六三（昭和三十三）年ごろまでは、カーラーグァー（河原グァー）と言って、海岸端に堕胎された胎児を埋める場所があったですよ……。火葬場の近くにね……」

「これまでは人の顔を見て気にして生きてきたが、らい予防法が廃止されたおかげで周りの人たちのぼくたちを見る目も変わってきた。ぼくも一年に一回ぐらいは石垣島に行きます。身体に後遺症が残っていても、気にせずに堂々と見せることだと思います。慣れると気が楽になります」

「予防法が廃止されたおかげで人の目を気にすることのない勇気をもらいました。たとえ差別や同情の目で見られても、自分は悪いことをしたわけではない。堂々と生きようと思います」

平得壮市さんは、しっかりと前を見つめて力強く語った。様々な困苦を経てきた者の強い決意で清々しかった。

お礼を述べて退出すると目前の庭に野菜畑があった。平得さんも立ち上がって縁側から声を掛けてくれた。

「もう歳を取り、野菜を植えることもできなくなって、草ぼうぼうになっていますよ」

平得さんの衒(てら)いのない笑顔に、ジジュンと上原の心にも爽やかな風が吹き渡っていた。

インタビューの後、数週間経ってからSさんを介して「カーラーグァーを案内したい」という平得さんの伝言を貰った。「語り得なかったことも数多くあって心残りがある。機会を作って是非、再度来園して欲しい」とのことだった。思いがけないことで有り難かった。

ジジュンも上原も、めったにない機会だと思い、再度Sさんに仲介をお願いして訪ねることにした。

平得さんは笑顔を浮かべて私たちを歓迎してくれた。こころなしか饒舌になっているようにも思われた。胎児を「カーラグァー」に埋めたこと以外にもショッキングな話は多かった。

「胎児は壜に詰められて研究室にも置かれていましたよ」「子どもがいるとは言えなかったで

すよ、園では。思い出すからね」「研室の戸棚に並ぶ水子たちホルマリン風呂から（早く）出してと泣いている」

「園で亡くなったら火葬をする前に解剖されました。屋根のない塀で囲まれた野外での解剖です。ぼくたちは腕白でしたから、小高い丘に登ってその様子を眺めていました」「園の中で、だれがいつ亡くなったかは容易には分からなかったです」「監禁室もありましたよ」

「ぼくは選挙にも必ず行きますよ」「戦争がなくて殺し合うことのない世界。犠牲を強いることのない世界。平和が一番大切です。これがぼくの願いです」……。

平得さんは、沖縄の祈りについて尋ねるとこんな風に答えてくれた。ジジュンにも上原にもこの答えは意外だった。ハンセン病に対する偏見や元患者や家族への差別に対する怒りの言葉が出てくるのかと思っていたからだ。平得さんはその先の、もっと大きな世界を見ていたのだ。

平得さんが是非案内したいというカーラグァーに、看護師の手を借りて車椅子を押してもらい、Sさんと一緒に付いて行った。外は強い日差しがあり気になったが、平得さんは平気だった。

海辺に沿った海岸道路を進んだ後、川水が海に注ぐ河口に到着した。河口に面した土手には数本のモクマオウの樹が海風に枝を折られたままで立っていた。周辺には雑木が生い茂り、さらにその周辺には雑草が荒れ放題に生い茂っていた。平得さんはその場所を指差した。ジジュンも上原も緊張してその場所を凝視した。

5

「沖縄の四人の芥川賞作家の作品は、すべて沖縄を舞台にしていますよね。それが興味深い。それが特徴ですよね」

ジジュンが昼食の沖縄そばを食べながら上原に問いかける。

上原はジジュンと向かい合って同じく沖縄そばを食べている。大学生協の食堂は学部の学生たちでいつも賑わっているのだが、今日は昼食時間を少しずらして来たので喧噪は収まっている。

上原が顔を上げてジジュンに答える。

「そうだな、ぼくもそう思う。よく気がついたな」

「そりゃあ、もう……」

ジジュンが、はにかんだ笑みをこぼす。

上原が箸を止めて、ジジュンの感想に付け加える。

「沖縄文学は沖縄の状況と密接に関わっている。それも倫理的にだ。いかに生きるかが常に問われている。それが沖縄文学の特徴だ。四人の芥川賞作家の作品はむしろ象徴的ですらある。作品は四人とも沖縄に寄り添って、沖縄を舞台にした作品を書いている。ぼくもそれが特徴だと思う」

「そうですよね」

今度はジジュンが相槌を打ち、箸を止めた。

「大城立裕さんの、『カクテル・パーティー』もすごく魅力的です。韓国に舞台を移してもそのままリアリティがある作品だと思います。戦争体験の問いかけに加害者の視点を忘れないこと。米軍基地の在り方に仮面を被った支配者の顔があること。権力者によって土地の固有の文化が壊されていくこと。どちらも重要なテーマです」

「そうだな」

「東峰夫さんの『オキナワの少年』も韓国での物語として成立します。戦後の沖縄の状況と韓国の状況は似ています。生きるためにはだれもが必死になった。しかしそこには乗り越えなければならないたくさんの矛盾がある。『オキナワの少年』は方言表記にスポットが当てられがちですが抱えている世界はとても広く深いです。作品の読み方は作者の意図を越えてもいいと思います」

「なるほどな、韓国を舞台にしても違和感はないか。そういう読み方もできるんだな」

「そうです。又吉栄喜さんの『豚の報い』も興味深い作品です。ユーモアのあるタイトルですが、苦しみも喜びも隠されています。人間が生きていく上での普遍的な感情の問題を扱っています。そして自立の問題を扱っています」

「えっ？　どういうこと？」

「ええっと……、うまく言えないのですが、作品世界は多層的です。バイタリティ溢れる沖縄の女たちの姿を描き、また新しくウタキ（御嶽）をつくるという沖縄のタブーとされてきた伝統的な風習へ挑戦する若者の姿をも描いています。それは、女も、そして若者も含めた沖縄の人々の自立の物語です。しかし、それだけではない何かがあります。例えば又吉さんは、不遇な人生の中でも生き続けることの素晴らしさを描いたのではないでしょうか。あるいは不遇な中でも希望を持てと、沖縄の人々へ励ましのメッセージを送ったのではないでしょうか。又吉さんの作品を解釈するのは難しいですが、主体的に生きることの大切さにエールを送った作品が多いような気がします。又吉さんの文学は希望の文学です」

「なるほどな……、そのように読めないこともないな。作品は作者の手を離れると基本的に自由な解釈が許されるからな。ジジュンにはジジュンの読み方があってもいい」

「ええっ？　それどういうことですか？」

「いや、褒めているんだよ」

「本当ですか？」

「本当だよ」

上原が笑みを浮かべて言う。

「ところで、ジジュンは日本語はどこで習ったの？」

「韓国です。小学生のころから日本語学校へ通っていました。故郷の圓光大学には日本語学科もあります。その後、九州大学でも鍛えられました。でも難しい漢字は読めません。辞典、引きます」

「そりゃあ、ぼくらも同じだよ（笑い）」

「で、目取真俊の『水滴』はどうなんだ？」

上原が再び箸を動かしながらジジュンを見る。

ジジュンも笑顔を浮かべて箸を取り、沖縄そばをひと口啜ってからまた話し始める。

「目取真さんの『水滴』は記憶の継承のあり方を問うた作品です。他の三作品に比べて主題は明確で直情的です」

「えっ？　比喩的でないのか？」

「いえ、比喩の手法を使っていますがメッセージは明確です。ストレートにこちらに伝わります。沖縄戦の記憶をどう語り継いでいくか。これが大きなテーマです。これ以外のテーマを探すのは難しい」

「なるほどな。そうも言えるか……。そうだな、沖縄戦の体験や記憶を商売にしてはいけないという厳しい同胞への批判もあるよね」

「ええ、あります。そういう意味では沖縄を最も愛している作家かもしれません」

「最も、という言い方には引っかかるな。沖縄にはたくさんの作家や詩人がいる」

「そうでした、最もは軽率でした。管見によれば、などと言うべきでした」

「いや、謙遜する必要はないさ（笑い）」

二人は、笑顔を浮かべながら話し続ける。

周りにはやはり学生の姿は少ない。ジジュンも上原も久し振りにゆったりとした時間を過ごしているような気がする。

ジジュンが立ち上がって茶碗に茶を注ぐ。上原の茶碗にも注ぎ足す。それから一口茶を飲んで上原に尋ねる。

「芥川賞作家以外に、上原さんのお薦めの作家はどなたですか？」

「そうだなあ、例えば崎山多美や長堂英吉、それから池上永一、そしてマンガを書いている比嘉慂（すすむ）などもいいな」

「比嘉慂？」

「そうだ。比嘉さんは県内よりも県外や国外でのほうが有名かもしれないな。ぼくは漫画界の目取真俊だと思っている。沖縄戦を描いた漫画が多く、『砂の剣』、『カジムヌガタイ』、『マブイ』などがある。比嘉さんの作品は登場人物の内面まで詳細に描くところに特徴がある。ぼくは大学院での修士論文を彼を対象にして書こうかなと思ったぐらいだよ」

「そうですか、ぼくは知りませんでした。読んでみたいと思います」

「うん、ぼくの本棚にあるから貸してあげるよ」

「有り難うございます。ところで、戦争文学と言えば他にどういう作家や作品があるのですか?」

「そうだな、まず戦争文学という定義が難しいなあ」

「ここは単純に、戦争を舞台にした作品ということで」

「そうだな、例えば石野径一郎の『ひめゆりの塔』、目取真俊の『平和通りと名付けられた街を歩いて』『風音』『眼の奥の森』、大城貞俊の『一九四五年、チムグリサ沖縄』『椎の川』、長堂英吉の『海鳴り』、大城立裕の『亀甲墓』『日の果てから』、船越義彰の『狂った季節』、嘉陽安男の『捕虜たちの島』などがあるかな。もっとたくさんあるはずだが、意外とすぐには出てこないな。沖縄戦を真っ正面から取り上げた作品は少ないのかな」

「管見によれば……ですかね」

二人は同時に声を上げて笑った。

それから少し真顔になって上原が言う。

「沖縄という土地は地上戦を体験している。戦争文学が少ないというのはどうも解せない。たぶん、すぐには思い出せないということだけかもしれないが」

「そうですね……。でも小説に限定しているからじゃないですかねえ。詩や短歌や俳句には結構あるんじゃないですか」

「そうだなあ……。ぼくは沖縄の戦後詩を専門に研究しようとしているから小説の作品名がすぐ出てこないと思いたいけれど、ちょっと我ながら情けない」

「……」

上原が、話し続ける。

「思いつきだけれど、もし作品が少ないとすれば、そこには幾つかの理由があるような気がする。一つは書き手が少なかったことが挙げられるだろう。それこそ戦争で多くの人材が失われたんだ。作家も作家の卵も若者も……。二つめは沖縄の戦後は多忙を極めたんだ。だれもが焦土と化した故郷の復興に身を投じたはずだ。焼け野原となった郷里に家を建てて食料を確保することが何よりも優先されたんだ。たぶん、紙やペンなどもなかなか手に入らなかったんだろうな。考えて見ろ。広島や長崎の復興が国家の支援なしで行えただろうか。沖縄では亡国の民として、国家の支援なしで戦後の復興がなされたのだ。それも最も復興に必要な土地を米軍に奪われながらの孤立無援の闘いだよ。戦争体験を振り返る余裕さえもなかったんだろう。そして三つ目は……。三つ目は、一九五〇年代に入ってからの島ぐるみの土地闘争だ。さらに基地被害など沖縄の特殊な状況が過去を振り返る時間を奪ったのだ。目前で軍事基地建設のために銃剣やブルドーザーで奪われる父祖の土地を、県民は力を合わせて必死に守ろうとした。それだけで精一杯だったんだ。そして婦女子への米兵による強姦……。最愛の妻子が目の前で強姦されたら、戦争体験なんか書いていられる訳がない」

「……」

「ウチナーンチュの人権が踏みにじられ、軍事優先の米軍政府の統治政策。その絶望的な状況をこそ文学のテーマにすべきだと提案した『琉大文學』に拠った若い学生たちの提言。戦争文学が実を結ぶ前に、喫緊の課題として取り上げられたのが政治と文学のテーマだ。沖縄の戦後文学はその波に呑み込まれていった。戦争体験の作品化は、まだ十分にその意義が確認される前に、過去の体験として背後に押しやられてしまったのだ。成熟を待たずに消え去った。例えば風雨によって地に落ちた青い柿だ。それほどまでに沖縄の現状は憂えるべき状況だったとも言える。そんな気がするよ」

「これも確かめる必要がありますね……」

「そう、これも憶測だけでなく、自分たちで確かめなければならない課題だな」

「はい、十分、論文のテーマになりますね」

「うん、やるべきことはたくさんある。沖縄の歴史や現状に目を凝らすと、たくさんのテーマが浮かび上がってくる」

「そうですね。これらの多くのテーマは、考えないと永遠に埋もれたままで消え去ってしまうかもしれませんね」

「そうだな。だれかが考えないといけない。だれかではなく己が考えないといけない。考えることが物事を生み出す拠点になる。考え続けなさいと言った塚本教授の教えは、このようなことを指すのかもしれないね」

「そうですね」

「それから……」

「それから何ですか？」

「ジジュンは、パウル・ツェランという詩人を知っているか？」

「いえ、知りません。どんな詩人ですか、教えてください」

「うん、ドイツの詩人だが、ぼくは沖縄の詩人たちの詩を考えるときは、よくパウル・ツェランのことを思い出すんだ。パウル・ツェランは、ユダヤ人であるというだけで先の大戦で強制収容所に拘留され両親は殺される。彼は奇跡的に生き延びるが全てを失い、残されたのは言葉だけだったとして詩を書き始める。記憶を語る言葉と格闘しながら詩を書いていく。死者たちを悼む言葉ではなく死者たちと共にある言葉を探し続けて詩集も出版する。しかし、やがて言葉に対する無力感と絶望感に苛まれてセーヌ川に投身自殺をする。死の恐怖と沈黙の時間を経て獲得した言葉であったはずなのに言葉は彼を救ってはくれなかったのだ」

「……すごい詩人ですね」

「うん、ぼくもそう思う……。しかし、詩人たちはそれでもなお戦争の悲劇を描き続けてきた。多くの詩人たちが戦争によって人間が破壊される凄まじい現実を描いている。権力に隠蔽される記憶に抗うように言葉を紡いできたと言っていい。戦争は正義を掲げて平和を破壊する。権力は歴史を歪曲し、弱者の記憶を葬り去るのだ。沖縄の詩人たちもまた隠蔽される記憶に抗って言葉と格闘してきた」

「そうでしたね」

「平和をつくる一擲(いってき)の言葉を探している」

「ええ……」

「そんな詩人たちの言葉にスポットを当てるのが、表現者の仕事だ、ぼくの研究テーマもそうありたいと思うようになった。韓国にもそんな詩人はいるのだろう?」

「ええ……」

「例えば？」

「例えば、在日の詩人金時鐘（キム・シジョン）もその一人だと思います。金時鐘は一九二九年日本の植民地時代の釜山で生まれ済州島で育ちました。熱烈な皇国少年として成長します。日本の敗戦に涙を流したとも言っています。ところが、敗戦を機に日本語でしか思考できない自身の分裂したアイデンティティに気づきます。そして朝鮮戦争後の軍事政権下で勃発した済州島四・三事件に巻き込まれて日本へ脱出します。日本語で思考する自らを対象化し日本語の短歌的抒情に抗う言葉を探しながら長い沈黙を経て詩を発表します」

「うん、そうだったね。ぼくも詩集『失くした季節』や『猪飼野詩集』を読んだことがある。金石範（キム・ソクポム）との対談集『なぜ書きつづけてきたか　なぜ沈黙してきたか―済州島四・三事件の記憶と文学』も読んだことがある……。済州島の悲劇には言葉を失ってしまう」

「そうです。南北の分断を拒否し朝鮮半島の統一を願った済州島の人々の思いは権力によって弾圧されます。一九四八年から始まった住民の虐殺は一九五七年まで続き、8万人余の人々が殺害されて、70パーセントの村々が焼き払われたとも言われています。いや犠牲者はもっと多いとも……。海上に無造作に投棄された遺体は日本に流れ着き、対馬の寺院に安置されたとも」

「そうだったね……。金時鐘は語っている。言葉というのは圧倒する事実の前にはまったく無力なものだと。そしてその土地の不幸や災いは、その土地の神様じゃないと鎮められないんだと」

「そうです。金時鐘の文学について、金石範は次のように語っています。金時鐘の文体の拠って立つところは思想なんだと。そして自らの作品『鴉の死』や『火山島』を書いた自分の姿勢については次のように語っています。綱渡りはまっすぐ立って止まったら落ちやすい。動いているから平衡をとれる。もし私が書くのを止めたら、私は綱から落ちますよって」

「うん、辛いことだな」

「ええ……」

「悲劇の島は、沖縄だけではないんだよな」

「ええ、二人は在日の意味や詩を書くことの意味を問い続けています」

「そうか……。人間であることは言葉を求めることかもしれないな。失った故郷を探すことかもしれない……」

「そうですね……。その土地に埋もれた正義や死者たちの言葉を探すことかもしれませんね。どうでしょう上原さん。ボーミックや斉藤洋子などを誘って、戦争文学で最も印象に残っている作品は何だ、というテーマでみんなで話し合ってみませんか」

「うん、それはいい考えだ。戦争に対峙する文学の力を考えるということに繋がるな。我々二人の研究テーマとも重なる。とても興味があるテーマだ。ここから出発すべきだったかもしれないな」

「ええ、そうしましょう。とりあえずは」

「とりあえずは、になるのかな」

ジジュンと上原は互いの言葉に声を上げて笑った。

ジジュンは、その場ですぐにボーミックと斉藤洋子のスマートフォンに電話を入れた。二人とも快諾してくれたが昼飯の奢りを条件付けられた。女は強いと、ジジュンは上原の顔を見ながら苦笑した。

約束は早いほうがいいと、ジジュンは翌日のちょうど十二時に会う時間を設定した。上原もうなずいた。

参加者は多い方がいいだろうと院生室に戻ると院生仲間の比嘉友也と国吉貴子にも声をかけた。二人とも興味深いので是非参加したいと言う。

比嘉友也は琉球沖縄史の研究をしている。特に明治期の琉球処分を手掛かりに現代まで続く日本政府の沖縄政策を考えようとしている。研究は二年目に入っていて、そろそろ修論の報告会があるはずだ。国吉貴子は地域の方言の比較研究だ。比嘉より一歳年下だが二人は仲のいい恋人同士でもある。

「ただし、昼飯を奢ってくれることが条件です」

比嘉友也がそう言うので、女も男も変わらないと思った。

「私も食事付きの条件での参加で～す」

国吉貴子が、笑顔で手を挙げてそう言った。

「ばーか」

上原にそう言われたが、二人は嬉しそうな笑みをつくったままだった。

6

ポーミックたちとは、ジジュンたちが所属するA大学生協隣の学生会館喫茶室で待ち合わせた。食事はその後だ。上原、ジジュン、比嘉、国吉の四人は一緒に院生室を出た。一月末、キャンパスには冷たい風が吹き始めていた。

歩道の両脇に植えられたデイゴの大木が葉を落として裸木になっている。いかにも寒そうに身を竦めている。

比嘉が歩みを止めてジジュンに言う。

「ぼくは学部のころからこのデイゴの木を見ているけれど、一度も花が咲いているのを見たことがない。県木だから，しっかり管理をして貰いたいよなあ」

「そう言えば、去年も咲いていなかったような気がします。花が咲くのは何月なの？」

「五月ごろかな」

「五月か……」

ジジュンと上原が声を合わせたように比嘉の言葉に反応する。二人は足を止め、デイゴの木を感慨深げに見上げる。

五月になれば、二人とも、もうこのキャンパスにはいないはずだ。そして、比嘉もうまく行けば卒業しているはずだ。

比嘉は何だか人間の目の前に巡ってくる自然の歳月の不思議さを感じていた。しかし、比嘉はこの感慨を胸に畳んで言い出さなかった。

学生会館の喫茶室には、ボーミックと斉藤洋子がすでに到着していた。

「遅い、遅刻だわ」

ボーミックが腰掛けから立ち上がって批難する。

「三分までは遅刻に入らないよ」

「だれが、そう決めたの？」

「ぼくが」

上原の冗談を、もちろんボーミックはとがめない。笑みを浮かべてみんなを見ている。

ボーミックと斉藤に、院生仲間の比嘉と国吉を紹介する。互いに初対面かと思ったが、県内の研究会などでは同席することもあったという。もちろん親しく話すことはなかったようだが、すぐに打ち解けて笑顔で話しだした。この機会を互いに喜んでくれているように思われて、ジジュンはほっとした。

みんなのテーブルの上にコーヒーが揃ったところで、乾杯の合図を上原が行った。一口飲んだところでジジュンが口火を切った。

「みんな、今日は有り難う。電話で話したとおり、上原さんとぼくにとって、みんなの意見はとても参考になると思う。ぼくたち二人は文学の力について研究テーマにしている。上原さんは沖縄の戦後詩をとおして。ぼくは沖縄の小説をとおして考えたいと思っている。強い味方のみんなさんの意見を拝聴するのはとても楽しみです」

ジジュンの口上にみんなの拍手が起こる。ジジュンは笑みを浮かべてさらに続ける。

「そこで、戦争を題材にした文学作品で最も印象に残っている作品は何か、ということで意見を伺いたい。もちろん沖縄文学の枠を越えて、作品の対象は世界文学でもよい」

ジジュンのやや緊張した説明に上原も笑みを浮かべてうなずいた。

「私に配慮している訳ではないよね」

「もちろんだよ。ボーミック。ボーにも推薦作品は沖縄文学の中からでもいいし、アメリカ文学の中からでもいいよ」

ボーミックの冗談めかした問いにジジュンが答える。

ジジュンがコーヒーカップに手を伸ばし一口飲んでさらに言い継いだ。

「ぼくから話すね。ぼくはベトナムの作家バオ・ニンの『戦争の悲しみ』、これがナンバー・ワンだと思うね。戦争を戦争中だけでなく戦前戦後の時間の射程で捉えているところがいい。作品の内容は若いカップルが戦争に巻き込まれる。そのカップルの悲劇だ。男は祖国の兵士となって戦うが、女性は拉致され乱暴され精神に異常をきたす。戦後帰還した男は探し当てた愛する女性の変貌に呆然となる。二人は再会しても新しい生活を送れなくなるほどに心身共に戦争で傷ついてしまっていた。戦争に翻弄される人々の姿が痛々しい。戦争が終わったら平和が訪れるわけではない。もう壊れてしまった人間は元には戻れないのだ。その悲しみがリアルに描かれていて、読むのが辛くなるほどだった……」

「その作品はすぐに手に入るの？」

「うん、大丈夫だ。池澤夏樹が個人編集して発行されている世界文学全集に収載されている。

黄色い表紙の厚手の本で、ぼくも沖縄に来て、大学図書館からこの本を借りて読んだんだ。だから印象も鮮明なんだ」

「興味深いね」

ボーミックがメモをする。

『戦争の悲しみ』でみんなの会話が交わされた後、途絶えたところで、上原がジジュンの話を受け継ぐ。

「ぼくは、アゴタ・クリストフの『悪童日記』だな。アゴタ・クリストフはハンガリーの作家だ」

今度は、みんなの顔が上原に向く。上原はみんなを誘った手前、自分たちから推薦作を紹介したいと思っていた。

「『悪童日記』は、三部構成になっていて、それぞれ一冊の単行本になって出版されている。第一部は『悪童日記』、第二部は『二人の証拠』、第三部は『第三の嘘』として書き継がれる。戦争に巻き込まれた二人の少年の成長譚だ。特に第一部の『悪童日記』は圧巻だ。二人の少年が目撃した戦争はそれこそ殺し合いだ。目の前で繰り広げられる大人たちの殺し合いは、人間性を失い、節操を失い、正義を失って繰り広げられる。人間が人間を殺戮する。その行為を覗き見た二人の心に、いつしか他者を殺すことは悪ではないとする価値観が芽生え膨らんでいく。戦争が終わっても二人の少年は戦時中に見た大人たちの行為を身につけた悪童としての日々を送り始める。戦争で引き裂かれた二人は、やがて再会するのだが、そんな衝撃的な展開の中で、大人になった二人の前で再び戦争が繰り返される……。たぶんそんな筋書きだった。なんともはや、やりきれない作品だ」

上原は、さらに続けた。

「二つ目は『ガダルカナル戦詩集』を推薦したい。井上光晴の小説ではなく、吉田嘉七（かしち）の詩集のほうだ。前戦での具体的な兵士の日々が万葉集を思わせるリズムをもった言葉で描かれる。共感と反発を感じながら読んだ。三つ目は中国のノーベル賞作家莫言の『赤い高粱（こうりやん）』だ。これは中国での日本軍の侵略戦争と対立する村のゲリラ部隊との攻防を描いた作品だ。中国の古い慣習の中での人々の暮らしや生き様を描きながら、血で赤く染まった高粱畑を進軍する日本軍の野蛮な行為と対決する。ゲリラ部隊もまた日本兵を殺し、遺体を残酷に扱う。凄惨な生き残り競争とも言うべき荒々しい物語が、頁を捲るたびに次々と押し寄せてくる。戦争の中での人間の蛮行を描いた作品で、戦争文学としてはこれも忘れられない作品の一つだ。読むのはとても辛かった……」

みんなが、うなずきながら上原の言葉を聞いている。

「とりあえず、みんなの推薦作品を発表して貰おうか。それから質問や論議に入ろう。一つ一つの作品に感想を言い合っていたら時間がいくらあっても足りないような気がする。それでいいかな？」

みんなは上原の言葉にうなずいた。それを見てジジュンが問いかける。

「それでは……、次はだれかな」

ジジュンの言葉に、ボーミックが手を挙げる。

「私はフランクルの『夜と霧』だね。ナチスの捕虜収容所での体験を書いたノンフィクション作品。心理学者フランクルの作品は、随所に挟まれた生々しい写真もあってショッキングだった。ナチスはユダヤ人を六百万人から九百万人も殺したと言われている。『最もよき人々は帰って来なかった』という文中の言葉は、私の脳裏から消えることはないよ。また、沖縄の作家の作品では長堂英吉さんの『エンパイア・ステートビルの紙ヒコーキ』がいいわ。上原さんに紹介されて読んだんだけれど、戦争のことを直接書いた作品ではなくて沖縄の戦後を描いた作品なの。基地の中の兵士マイクと恋仲になった沖縄の女性加那の物語。マイクは韓国に出征して行方不明になるの。数年の歳月が流れて、ニューヨークのエンパイア・ステートビル前の公園で浮浪者然とした生活を送っている男がマイクではないかと、旅行した友人から告げられる。加那はニューヨークにマイクを探しに行く。結局は見つからないんだけど、二人で約束した紙飛行機をエンパイア・ステートビルから一人で飛ばすの。とてもロマンチックで悲しい物語。でも、愛情は国境を越え人種を越え、戦争をも越える。このことを教えてくれる。これが文学見る。

の力ね」

ボーミックがみんなを説得するように力強く発言する。上原が小さく苦笑してボーミックを見る。

斉藤洋子が遠慮がちに小さく手を挙げて言う。

「今度は私の番ね。私は浅田次郎の『終わらざる夏』と、フランスの作家、パトリック・モディアノの『一九四一年、パリの尋ね人』を推薦するわ。浅田次郎は大好きな作家なの。『帰郷』なども帰還した兵士の寂しさを描いていいけれど、『終わらざる夏』が一番ね。戦争が終わりを迎える八月、北海道の北端からの米軍の侵攻に備えて日本軍は特殊な任務を背負った兵士を召集して終戦そのときに備えるの。ところが北から侵攻して来たのは米軍ではなくロシア軍だった。八月十五日、日本軍はすでに降伏したにも関わらず、なぜ戦わねばならないのか。両軍の兵士たちは理解に苦しむが、兵士であるからには相手を殺さなければ自分が殺される。そんな名もない兵士の葛藤が親子の愛情や軍隊の規律の中で織り上げられていく。土地の言葉で描いた兵士たちの言葉にはとてもリアリティを感じた。伏線を張り巡らしてたくさんの物語も展開されていて、悲しみと読書の醍醐味が味わえる作品ね。とてもよかった」

「モディアノの『一九四一年、パリの尋ね人』も私の中では最高傑作の一つ。モディアノはユダヤ人作家なんだけど、一九四一年、パリで発行された新聞の尋ね人の広告を四十七年後の一九八八年十二月に読むの。モディアノは、その広告のことが気になり娘と両親の消息を調べはじめる。その町の番地は、かつて自分が住んでいた場所の近くでもあるからなの。十年ほどの歳月をかけて調べていくなかで様々な事実が浮かび上がってくる。結論から言えば、三名はユダヤ人で、ナチスによってアウシュビッツに送られ殺されていた。

作品は、作者自身がノンフィクションと言っているとおり、ドラマチックに仕立てられているわけではないの。取材によって明らかになっていく殺された三名の人物の軌跡と結末が淡々と語られるだけなの。モディアノは、その途次で発見した様々なエピソードを拾い上げる。そこで明らかになるのはパリの権力者たちが市民の声に耳を貸さずにナチスに協力した姿だ。そして自らに問いかける。同じユダヤ人である私の父は生き延びて、私はこの世に誕生したのに、なぜ彼らは死ななければならなかったのかと。父と彼らを分けたのは何だったのかと……。モディアノはたしか作品の中でこう言っていた。『もはや名前もわからなくなった人々を死者の世界に探しにいくこと、文学とはこれにつきるのかもしれない』と。私は書き手ではないけれど、モディアノの姿勢や作品への共感は大きかったわ。まさにボーミックが言っていたけれど、最もよき人々は帰って来なかったんだね。沖縄の歴史に置き換えて考えても、何度も押し寄せてきた感慨だよ。戦争の時代だけでなく、戦後の困難な時代に直面して、多くのよき人々は帰って来なかったんだ、と思うわ……」

斉藤洋子の話に、みんなが少し静まりかえった。斉藤洋子は二冊の本をも持参してくれていた。いや、『終わらざる夏』は三冊の文庫本だ。みんながその本に注意を向けるが、静まりかえった雰囲気の中でだれも手を伸ばさない。

国吉貴子が手を挙げる。

「次は私ね。私は沖縄文学の中から二つの作品を推薦するわ。洋子さんのようにうまくは話せないけれど……。私は小説『椎の川』と、歌集『蚊帳のホタル』が沖縄を代表する戦争作品の一つだと思うわ。管見によればね」

ジジュンと上原が顔を見合わせて苦笑を漏らす。

「『椎の川』は、やんばるを舞台にした家族の物語。幸せな家族が壊れていく過程を描くことによって、戦争の酷さ、家族の大切さが浮かび上がってくるの。母親がハンセン病になり、父親は戦争で召集される。家族を襲う差別や偏見、そして膨大な国家権力による戦争という暴力。幼い子どもたちが突然居なくなった母親を探す姿や、子を思う母親の愛情には涙が止まらなかったわ。幸いに、今年文庫本で再刊されているからすぐ手に入るわ。

歌集『蚊帳のホタル』は仲宗根政善先生の作品。仲宗根先生は戦争中にひめゆりの乙女たちを引率して戦場を彷徨い、奇跡的に生還するのだけれど、戦後、日記をつけるように短歌を書いていたの。その短歌を直筆のままでコピーして一冊の本にしたのが、この歌集なの。推敲の跡も生々しくて、涙を流しながら書いたのではないかと思われるインクの滲みもあるの。たくさんの教え子たちを死なせてしまった鎮魂の歌と無念の思いを綴ったのがこの歌集です。さて、みなさん、分かったかな？」

「はい、分かりました」

皆の笑い声が溢れる。

国吉貴子の明るい性格は、院生室でもみんなのアイドル的存在だ。

「さて、最後は俺か。ちょっとプレッシャーを感じるな」

比嘉友也が両手で顔を擦る仕種をした。

「立派な大人は、俺とは言いません。私と言います」

国吉貴子の野次に、比嘉も思わず笑顔を作る。

「俺は……、いや私は、堀田善衛の『時間』と、田宮虎彦の『沖縄の手記から』がイチオシ。いや、いいと思います」

国吉貴子が拍手をして比嘉友也を半分激励し、半分冷やかす。比嘉は苦笑を浮かべながらも話し続ける。

「堀田善衛の『時間』は南京大虐殺を扱った小説だ。南京に住むエリート中国人の視点から、肉迫する日本軍の姿に怯え緊張する南京市民の姿が描かれている。やはり壊れていく人間の姿を描いていて印象深かった。『沖縄の手記から』は田宮虎彦の作品。沖縄を舞台に沖縄戦を描いた有名な作品だ。一人の若い軍医が主人公なんだが、沖縄戦の中で沖縄の人々と触れ合い人間的に成長する話だ。特に傷病兵を壕に置いて撤退する軍の命令を無視して、チムグリサヌ(可哀想だ)といって壕に留まった女学生の行為に、軍医は戸惑う。後日この壕に戻ってみると、火炎放射器で焼かれて黒髪だけが残った女学生の遺体と対面する。死を覚悟して傷病兵と留まった女学生の行為に感動する。この女学生の死生観と敗走する日本軍を通して戦争の残酷さを浮き彫りにした作品だ。確か高校の国語の教科書にも載っていたという話を聞いたことがある。今はもうないだろうが……」

「そうだね、私も教科書で見たことはないわ」

国吉貴子が言い継ぎ、上原が相槌を打つ。

「でも、俺は……」

比嘉が口ごもる。みんなが一斉に比嘉に向きあうが、なおも言いよどんでいる。

「遠慮することないよ。何か付け加えたいことがあれば、言ったらいいよ」

ジジュンの促しに比嘉が意を決したように言い継ぐ。

「俺は、沖縄の歴史を研究しているからなのか、文学の力よりも、やはり歴史の力が大きいように思う」

「うん？　どういうこと？」

ジジュンが、興味深げに比嘉を見る。比嘉が意を決したように話し続ける。

「現実を変えるには、文学の力よりも歴史の力を学んだほうがいいと思う。沖縄の歴史を学ぶと、沖縄がいかに虐げられてきたかがよく分かる。沖縄が琉球王国として存在していた十五世紀、沖縄は海上に浮かぶ小さな王国だった。でも王国は知恵を出し合い近隣諸国と交易を交わし、民衆は豊かな生活を享受していた。ところが一六〇九年、薩摩に武力で侵略されて傀儡政権となる」

「うん、そうだよね」

「それ以降は苦難の歴史だ」

国吉貴子やジジュンがうなずきながら同意する。比嘉はなおも話し続ける。

「そうなんだ、それから苦難の歴史が始まる。庶民は王国に納める年貢と、王国が薩摩に納める年貢で二重の苦難を背負うことになる。宮古八重山には悪政の人頭税が課される。王国が交易で得た利潤も薩摩にピンハネされる」

「……」

「一八七九年には、明治政府から武力で琉球王国は解体され沖縄県が誕生する。この出来事を琉球処分と呼んでいる。県民は日本語を習い日本人になる努力をする。その努力の顕著な例が沖縄戦だ。差別や偏見に負けずに日本人になる努力を続けてきた県民は国家への忠誠の証として全力で沖縄戦を戦う。ところが国家は、沖縄を本土の防波堤としてしか考えていなかった。貴い犠牲者が数多く出た。それでも国家は国体の護持と引き替えに沖縄を米国に売り渡したのだ。沖縄は国家を失った亡国の民の住む土地として米国の植民地となり、軍事基地の島と化されていく。県民は頼りとする国家を失い県民ですらなくなった。歴史家にはこの国家の仕打ちを第二の琉球処分と呼ぶ者もいる。それでも沖縄県民は軍事基地化される沖縄の状況を憂い、平和憲法の下で繁栄している日本国家への復帰を渇望した。その思いは県民全体の大きな運動を作り出して復帰を勝ち取った。ところが、これが第三の琉球処分になるとはゆめゆめ思わなかった。米軍基地は据え置かれ、むしろ強化された。本土にある米軍基地は縮小されたが、沖縄にはさらに自衛隊が移駐してきた。現在は皆も知っているように、日米安保条約を履行し、国民を守る防波堤の島とされている」

「ううん、そうだね……」

「今日の辺野古新基地建設も、普天間基地の危険を除去するという口実での日本政府主導の防衛体制造りの一環として考えた方がいい。中国や北朝鮮の脅威を煽り、与那国島、石垣島、宮古島にも着々と自衛隊基地が造られている。基地のある島が攻撃されることを沖縄の人々は先の戦争で学んだ。日本軍が駐留する島で集団自決などの悲劇が起こったのだ。それなのに、またもや沖縄県民が防波堤にされ危険にさらされる。二〇一一年のニューヨークテロでは沖縄の米軍基地が危ないと言って厳戒態勢に入った。本土からの観光客は一気に減り，修学旅行は相次いでキャンセルされた。日本政府はそのとき沖縄を守る素振りさえ見せなかった。沖縄は日本でないからだ」

「もういいでしょう。あなたは結局何が言いたいの？」

国吉貴子が、比嘉の言葉を遮る。

「文学から、話は逸れているよ」

上原も、興奮気味に話した比嘉を少したしなめる。

「私は、そうは思わないわ」

ボーミックが、傍らから反論する。

「比嘉さんは、とても大切なことを話しているよ。文学と歴史はどちらに力があるのかと問うているの。上原さんは、いつの時代にも沖縄の表現者は言葉の力が試されてきたと言っているよね。比嘉さんは、文学作品を読むことより歴史を学ぶことが世の中を変える力になる。そう言っているのよね。歴史の真実を学ぶことが沖縄を変える力になると。そうだよね？　比嘉さん？」

「そうです」

すべきよ」

「上原さんもそう思う？　比嘉さんと同じなの？　もし、そう思わないのなら、あなたは反論すべきよ」

「いや、辺野古の新基地建設問題を考えるには長い歴史の尺度で考えるべきだとはぼくも思っている。それは比嘉くんと同感だ。今もそう思っている」

「それで？」

「文学は言葉の問題だ。言葉は曖昧だ。歴史の言葉とは違う。事実として浮かび上がる姿を掬うのでなく、手の平からこぼれ落ちる事実や埋もれた真実を文学は問題にする。文学は、もちろん世の中を変える力を問うている。それも大きな課題だ。しかし、世の中を変える力を問うても、変える力は求めない」

「それは欺瞞だ。琉球処分官松田道之は……」

比嘉が、一瞬、発した言葉を途中で呑み込む。自らの言葉に緊張している。

「ボーミックは、このことについてどう思うんだい？」

ジジュンが論議に分け入ってくる。

ボーミックが、上原に向けていた目をジジュンに向けて言う。

「私は文学には力がある。歴史に負けない力があると思っているよ。先ほども言ったけれど、文学は人種を越える力がある。平和をつくる力があると思っている。そこが政治の力と違うところね。文学だけでない。芸術や文化の力だと言い直してもいい。組踊を愛し、舞台を愛する人々が増えれば戦争なんか馬鹿らしくなるわ。上原さんもはっきりと文学の力を主張するべきよ」

比嘉がやや顔を赤らめて、上原よりも先に再び自説を主張する。

「文学にも、もちろん力はあるけれど、事実の力には負けるよ。文学は政治の力には勝てないよ。歴史の力にも負けるよ。文学は虚構の力だ。虚構の力は、虚構でしかない」

ボーミックが首を振りながら比嘉を遮る。

「文学は土地の記憶を拾い上げることができるよ。この沖縄の地で斃れた無名の人々の無念の思いを拾い上げることができるよ。現実の力として記録することができるよ。文学の振幅は広く、そして言葉は深い。歴史はそれをやってくれるかしら?」

「いや、ことはそれほど簡単ではない。韓国では言葉も文化も奪われ、人間性をも奪われた歴史がある。言葉は政治に奪われる」

ジジュンの言葉にボーミックが反論する。

「私の肉体がこの世に存在する。あなたの肉体も存在する。肉体は存在するだけで力があるし意味がある。私は組踊にも演劇にも興味がある。自分の有している肉体をどのようにパフォーマンスするか。沖縄には、組踊にも、芝居にも、琉球舞踊にも、その原初の形が残っている。

余計なものを削ぎ落としている。沖縄の舞台ではそれを解明できる。私、そう思うよ」

「映像も音楽もあるよ。ボーミックの言う文化や芸術の力には、これらも入るのよね」

「もちろん」

斉藤洋子が遠慮がちに問うた言葉に、ボーミックがうなずく。

斉藤洋子はボーミックの賛意に力を得たようで話し継ぐ。

「映像や音楽、文学や演劇、そして歴史にも、それぞれの役割があるのではないかしら」

斉藤の言葉に一瞬喧噪が静まる。どちらに力があるかと二項対立にして考えていたことに冷静になれと水を差された思いがする、が一理はある。

斉藤洋子の次の言葉を待つが、斉藤はこれ以上何もしゃべらない。みんなは気づいたように、それぞれの前のコーヒーカップに手を伸ばす。それぞれの思考が構築され、解体され脳裏を巡っているのだろう。

「おととしの夏にアイルランドへ行ったの」

沈黙を破ったのはボーミックだった。

「アイルランドとイギリスの関係は、沖縄と日本との関係にもよく喩えられるよね。そのアイルランドよ。詩人のW・B・イエーツをはじめ、五人のノーベル文学賞作家を生んだ土地だよ。私は旅行をしている間中、土地の記憶というものを感じたわ。長い歴史の記憶なの。イギリスからの独立戦争も含めて宗教戦争もあった。破壊された教会や遺跡、広大な荒れ地、張り巡らされた城壁、どこにも土地の匂いを感じたわ。うまく言えないけれど、私は沖縄にもその匂いを感じるのよ。沖縄が誇りとする歴史や文化。沖縄から世界へ発信できる文学、きっとあるよ。みんなで探そうよ。なければみんなで作るのよ」

ボーミックがコーヒーカップを手に取り笑顔で乾杯の仕種をする。みんな笑顔になってカップを持つ。文学にも、歴史にも、政治にも文化にも、それぞれの力がある。

「乾杯！」

ボーミックの音頭に笑顔で唱和する。

「ボーミック様、有り難う」

「どう致しまして。私よりも、斉藤洋子様、有り難う。いや比嘉友也様に有り難う。いや、みんなに有り難う。今日はとても有意義な一日だったわ」

ボーミックが上原の言葉に笑顔で返す。上原も笑顔を作って言う。

「今日はたくさんのことを学んだな。沖縄の文化も、沖縄の文学も、たぶん、たくさんの可能性を持っている。もちろん、演劇も歴史も政治もだ。沖縄の状況を、政治の言葉だけでなく、さらに振幅の広い言葉を探して語ろう。相手の心に届く言葉を探すのだ。土地に寄り添い埋もれた真実や歴史を探そう。きっと真実は蘇る。力はあるのではなく発見することによって作られるのだ。なんだか勇気を得たような気がする。この会を企画したジジュンに感謝しなけりゃな」

「いや、ぼくもこのような充実した時間を持てるとは思わなかった。みんなに感謝だよ。続きを、いつの日かまたやろうよ」

「賛成ね」

みんなが声を上げてうなずく。

「昼食を奢るって約束だよね、ジジュン」

ボーミックがジジュンを冷やかす。

ジジュンが両手を広げて肩をすくめる。

「たくさんの宿題を持ち帰るような気がするけど、俺もいろいろ考えてみたい」

比嘉が満足げに話す。ボーミックが言い継ぐ。

「国吉さんは、どうなの？」

「私？　私は来週のゼミで報告するレポートのことで、今は頭がいっぱい。今日の話は私の頭脳の容量を超えています。でも、お腹は空っぽよ」

国吉貴子の、いつものおどけたものいいに、みんなはどっと笑って立ち上がった。

7

ボーミックの指導教員与那嶺悠子教授から塚本教授の元へ電話がかかってきた。元県教育長の大城浩（おおしろひろし）と、画家の宮良瑛子（みやらえいこ）は親しくしている友人だ。ついては、上原とジジュンのインタビューの相手としてどうか、紹介してもいいというのだ。上原とジジュンは嬉しくなって、その好意を受けることにした。

塚本教授によると、ボーミックを幸喜良秀さんの元へ案内してくれた上原の好意へのお返しだという。塚本教授も、沖縄の人々の祈りを広く知る上では願ってもない相手だと勧めてくれた。

上原は、学校の現場で「六・二三 慰霊の日」の特設授業を担当したことがある。また、県の主催する六月二十三日の慰霊祭には、県内の小中高校生から平和メッセージとして詩の募集を行い、最優秀作品が朗読される。上原も担当する高校生たちに詩の応募を呼びかけたことがある。大城浩元教育長には、県教育長としての特設授業の取り組みや、沖縄への思いを聞いてみたかった。

また宮良瑛子は、沖縄の女流画家たちのリーダー的存在である。アンマーたち（母親たち）

の素朴な姿を描き、生きる尊さや逞しさを表現している。作品は沖縄の風土や特質を描きながら、反戦平和への力強いメッセージも込められており、一度は会って話が聞きたかった。もちろんジジュンも一緒だ。

大城浩元県教育長は、与那原町美浜の「かねひで」内にあるレストランを指定してくれた。若々しい笑顔で上原とジジュンを迎えてくれた。一緒に食事を取った後に、前もって連絡をしていた三つの質問に丁寧に答えてくれた。

「それでは、お尋ねのあった三つの質問についてお答えしましょうね。一点目は慰霊の日の特設授業設定の意義について。二点目はどのような沖縄になって欲しいか、沖縄の将来像について。そして三点目は沖縄から世界へ送るメッセージがあるとすればどのようなメッセージか、ということでしたね。この三点についてお話しします。その他、私が考える沖縄のことなどを補足します」

「まず沖縄の特徴から若干話しますと、沖縄は亜熱帯の自然に属していて、独特な文化や歴史を持っています。特に日本で唯一、地上戦を体験した本県から、平和教育、戦争の残酷さを発信する意義は大いにあると考えています」

「昨年度、四人の少年たちが読谷（よみたん）の戦争遺跡チビチリガマを破損するという事件が起こりました。このことは、個人的な意見ですが平和教育の在り方をもう一度問いかける時期、大きな曲がり角にあるのかな、と思っています。戦争体験者が高齢化してきたがゆえに戦争体験をどう継承していくかが問われているような気がします」

「実は、私は教育長時代に未来社会の創造者である子どもたちを育てるために、七つの視点を発信してきました。その中の一つに差別や偏見を克服して豊かな人間性を培うことの大切さがあります。このことは言葉を換えて言うと、平和教育の大切さに繋がります」

「ユネスコ憲章の前文に、心の中に平和の砦を築く、という言葉があります。これは私の平和に対する考え方の原点でもあります」

「また、沖縄県の平和祈念資料館に、大変素敵な言葉がありますね。それは何かというと、戦争を引き起こすのは人間です。しかし、それ以上に戦争を起こさない努力ができるのも人間です、という言葉です。これが私の平和教育に向かう基本的な姿勢です」

「私も、実は教員時代にある学校の平和教育の担当者になったことがあります。担当者のときにやったことの一つに、南城市のアブラチガマ（糸数壕）を見学しようと提案したことがあります。戦争が起こった場所を実際に見ることから、平和について考えてもらいたいと思ったからです」

「教育長時代には、戦争遺跡沖縄陸軍南風原病院壕跡を見に行ったことがあります。どうしてかというと、そこには飯上げの道というのがあって、そこを平和教育の場にできないかという県議会での質問提案があったからです。そこでその現場を見ることが重要だと思ったんです。そういった私自身の体験を通しながら戦場になった沖縄がいかに悲惨であったかということを学び、改めて平和教育の大切さを痛感しました」

「さて、慰霊の日の特設授業についてですが、沖縄の学校現場では、このことも含めて様々な平和教育が実践されています。このことは平和教育がいかに大切であるかということの証と言えるでしょうね。チビチリガマの破壊などを含めて、様々な課題があるとしても、平和教育をしっかりと持続し、勇気をもって実践していくことが重要だと思いますね」

「二点目はどのような沖縄になって欲しいかということですが、私なりに二十一世紀は激動の時代だと考えています。教育界でも学習指導要領の改訂があったり、教育基本法の改訂があったり、また教員免許更新制度が導入されたりなど、教育を取り巻く環境の変化が多くありますね。内外からも学校力や教師力の向上が声高に叫ばれる時代になりました。こんな時代であるからこそ、教育本来の理念である人間を育てる営みの役割をしっかりと見据えることが大切だと思いますね」

「昭和六十二年の臨時教育審議会の答申以来、様々な教育改革が行われてきましたね。そこで何が起こったか、このことを少し考えてみますとね。ひと昔前の教育は、大量生産を担う人間の育成を目的として教育が手段化され、画一化され、管理化され、統制化されていたのではなかったか。このことが教育荒廃を引き起こす原因になったのではないか、という側面がありますね。学びからの逃走という言葉もありました」

「そこで教育観の変革を突きつけたわけですよね。何のために学ぶのか、学ぶことの意義を見いだせない若者が増加してきましたので、このことの対応も含めて教育は新しい時代に突入したわけです」

「教育改革の成功の鍵は、各学校の教育指導・教育活動が、どこまで子どもにとってより望ましいものとして具体化され実現されているか。各学校が創意工夫を生かした特色ある教育を実現することが大切でしょうね」

「教育の地方分権化が進められ、学習指導要領の大綱化、弾力化、そして学校裁量の拡大化が進められていますが、その中で逆の動きも出てきています。このこともしっかりと認識する必要があるでしょうね」

「私は教育長時代に、沖縄県の二十一世紀ビジョンの策定に関わる機会がありました。二十年後の沖縄の将来像を明示するという取り組みです。三つの大きなビジョンがありますが、その一つに教育のビジョンがあります。この中で、多様な能力を発揮し未来を拓く島というのがあります。私は私の経験からグローバルな教育先進地域づくりを提唱しました。具体的には英語立県沖縄県構想を提唱したんです。つまり国際交流と体験の場を子どもたちに積極的に提供して、本県の振興・発展に貢献する志を持った人材を育てる。英語力および国際性を身につけたグローバル社会で活躍できる人材の育成を目指したのです」

「これからの学校教育に求められるのは、どういう哲学を持ち、どのような目標を掲げ、具体的に何をしていけばいいかを明確に見据えて、それを教育のプロとして教育活動の中で実践していく。新しい教育の流れを創るためには確かな実践力が求められるでしょうね」

「教育という言葉は英語では education です。本来はラテン語で educe ＝能力を引き出す、という意味があるんですね。子どもたちの持っている能力をどう引き出すか、ということも教育の役割だと思います。教育には不易と流行の側面もあり、変えていけないものには敢然と立ち向かい守る、変える必要があるものには果敢に挑戦する。このこともとても大切でしょうね」

「さて三点目は、沖縄から世界に送るメッセージということですが、このことについて、少しお話ししますと、私は教育行政を預かってきた者として未来社会の創造者を育てるための教育の大切さを七つの視点にまとめて訴えてきました」

「一点目は自分の意見を論理的に主張することのできる人材をつくるということです。日本人は国際社会からなんと言われているかといいますと、3Sと揶揄されることもあるんです。一つめのSはスマイル、二つめのSはサイレント、三つめはスリープなんです。しかし、私はこういう若者はつくりたくない。堂々と自分の意見を主張することのできる人材をつくりたい。

そう思っているのです」

「二点目は差別偏見を克服し豊かな人間性を培うことです。先ほどから申し上げているように、心の中に平和の砦を築こうということですね。三点目が文化の多様性を理解することです。世界の人口は七十億、世界の国々は一九六か国ほどあります。しかし、我々の国際理解はともすれば欧米理解、アメリカ理解に偏りがちです。そうではなくて世界には多くの国々があります。その視点を持つことです。文化に違いはあっても差はないということを今一度理解してもらいたいと思いますね」

「四点目は外国人を前にしてコミュニケーションできる能力を身に付けさせたいということですね。つまり、本当のコミュニケーション能力とは何かということです。コミュニケーションには二つのとらえ方がありますね。ひとつは会話です、二つめは対話です。コミュニケーション能力とは相互の意見を交流するということですから、ここでは対話の側面が強いですね。この力をつけたい」

「五点目はアイデンティティの確立です。例えば、実るほど頭を垂れる稲穂かな、という諺がありますが、偉くなればなるほど他人に頭を下げるという意味ですね。こういうこともアイデンティティの確立には含めていいと考えています」

「そして六点目は、沖縄の諺にあるイチャリバチョーデー精神の発揮です。これは一度出会ったら皆兄弟だという意味ですが、今の混沌とした世界に対する大きなメッセージにもなると思います」

「七点目は、自分たちの足下の文化歴史等をしっかりと理解する目を養うことですね。それがなければ世界では通用しません。汝の立つところを深く掘れ、そこに泉あり、というニーチェの言葉があります。確か沖縄学の父と言われる伊波普猷も同じような言葉を使ったはずです」

「そういったことの大切さを教育長時代には訴えてきました。そのためにはどうするか。何ができるかと考えますと、やっぱり学校と家庭と地域社会が相互の役割を自覚しながら手を取り合っていくことが大切ですね。世界の大舞台で活躍する子どもたちを育てるには、どうしてもこの三者の力が必要です」

「私の大先輩の一人がおっしゃった言葉があります。沖縄こそが成長の起爆剤になりえると。それはどういうことかと言うと、沖縄らしさを大切にし、美しい風土を守り、人を大事にして、決して無理をしないこと、そう言うんですね。この沖縄の気風がこれからの時代に相応しい発展を遂げていく起爆剤になるというんです。このことに、私はとても共感致しました。沖縄から世界へ送るメッセージは何かという三点目の視点にはこのことも大事なことのような気がします」

「大体、以上が与えられたテーマに関する私なりの感想や意見です。答えになっているでしょうか（笑い）。いくらかでも答えになっていれば嬉しいです」

大城浩元教育長は、そう言って笑みを浮かべた。

上原とジジュンは大きくうなずき、礼を言った。沖縄の子どもたちに対する期待や教育のビジョンを語る大城浩元教育長の言葉には、いまだ情熱衰えぬ清々しさと若々しさがあった。現在は県内の大学で非常勤講師として、学生相手に英語教育や培った経験から教育の課題や夢を語っているという。

レストランを退出する際に、ジジュンと上原の昼食代をも払い済ませていることが分かった。このことに戸惑い、恐縮したが、大城浩元教育長は笑顔を浮かべたままだった。上原とジジュンは礼を言って元教育長の乗った車を見送った。

※

宮良瑛子さんのインタビューは、首里にある宮良さんの絵画教室で行った。宮良さんに指定された場所である。ジジュンは急に参加が叶わなくなって上原一人で出かけた。

上原が訪ねると、宮良さんは旧知の友人にでも会ったかのように明るい笑顔で歓迎してくれた。その明るさと大らかさに一瞬、戸惑ったが嬉しかった。

話を伺うと、やはり宮良さんは、ぶれることのない画家としての一貫した姿勢を堅持していた。とても魅力的な人で、話にも人柄にも圧倒された。多くの画家たちや後輩たちに慕われていることが、すぐに理解できた。話は終始、笑いを交えながら進んだ。

「私は、生まれは福岡ですが、対馬(つしま)で育ちました。数年経ってまた福岡に戻るんですが、対馬で育ったことがとても強く印象に残っています。対馬の体験が私を作ったと言ってもいいと思います。物心ついたころは対馬だったんですよ」

「父が転勤族で営林署の役人だったんです。対馬ではそれこそ山の麓に住んでいました。兎を追って暮らすような、苺とか枇杷を取って食べるとか、小川で遊ぶとか……、そんな環境です。私、田舎育ちなんですよ。でもそれが、自分で言うのもなんですが、実りをたくさんもたらしてくれたように思うんです。この体験が私のなんというか人間としての純度を保たせてくれたように思うんですね」

「絵は物心をついたときから描いていました。大きくなったら何になる？　って問われたら絵描きさんになると答えていました。絵描きさんがどんなに大変かは分からないままにね（笑い）」

「沖縄に来たのは復帰の前の年、七十一年の十月です。世代わりを直に体験しました。復帰前に来るのと後に来るのとでは全然違うと思うんですよ」

「私は父が役人だったので転勤には慣れていましたし、沖縄に移り住むことにも抵抗はなかったのですが、当初言葉には困りました。習慣もかなり違うもんですから、皆さんには嫌な思いをさせたのではないかと思うんです。でも、皆さん、仲良くしてくださいました」

「長いこと東京にいたけれど、東京では得られない体験をさせてもらいました。東京で沖縄を描いても説得力がないというか、うーん、そうですよね」

「沖縄の歴史や生活や生身の人間に接しながら、豊かな体験をさせてもらいました。最初のころは、ちんぷんかんぷんなこともたくさんあったですよ（笑い）」

「いろいろあっても、那覇市場とか糸満の魚市場とか、地元で働く人たちとの出会いは感動的でしたね。スケッチに行って、話をしながら、頭でっかちでない体験です。私の一番大切なことで、今でも忘れられないですよ」

「市場に行った時の感動は、ちょっと言葉では表現できないぐらいです。時間が許す限り毎日通いました。那覇市場や糸満の魚市場に通ったんです。そこでたくさんのスケッチをしました。そしたらおばさんたちが集まって来て、似てるよ、よう似てるよと言ったり、蜜柑をくれたり餅をくれたり、顔見知りになったの。とっても楽しかったですよ」

「あの当時のおばさんたちは、バーキ（籠）を担いだり、裸足で歩いたりしていた。市場に場所を取れない人は、地べたにむしろを敷いて自分で育てた野菜などを売っていた」

「私はどこに行ってもデッサンをした。写真は間違いなくそのまま映すのだが、絵は自分を通して描くので魅力がある。スケッチをすることによって記憶に残すんです」

「なぜ私が沖縄でスケッチを一生懸命やったかというと、自分の知らないことが沖縄にはいっぱいあるじゃない。例えば刑務所の塀の上の金網は内側に向いている。逃げられないようにね。そういう先入観がある。ところが沖縄に来て驚いた。基地のフェンスの上部の鉄条網は外に向かっているのよね。これを見た時はショックでしたよ。沖縄の人たちにとって当たり前のこと、なんでもないことが私には感動の対象だった」

「でも、私の絵は沖縄の人たちにそういうことに気づいてもらいたいとか、どうのとかいうことじゃないの。私が行って、見て、美しさに感動する。それを絵にするだけなのよね」

「例えば壺屋を歩いていると、私にとっては一角一角(ひとすみ)が興味ある風景で絵になるわけですよ。それをスケッチする。何でもない瓦の欠片をスケッチする。それが必ずしも絵になるということではないけれど、手当たり次第スケッチする。皆さんがメモするのと同じですね。スケッチをすることで私の栄養になるのよね。滋養になるんです。忘れないために描くんです」

「ちょっとスケッチブックを見せましょうねえ。(スケッチブックを取り出して広げて見せる)。これは琉球舞踊、これは米兵、これは路地で物を売っているおばさんたち……、戦跡、鉄兜、飯盒(はんごう)など……。もうスケッチブックは、ぼろぼろになってしまったけれど私の宝物ね」

「アジアの平和のための沖縄大会というのがあって、そこに誘われて行ったんですね。私はフリーで参加させてもらいましたが、バスツアーの戦跡巡りがあったんです。そのときの感覚というのは今でも鮮やかに残っていますね。当時は藪の中にも壕の中にも遺骨が転がっていた。藪の中にある頭蓋の眼孔からは竹が生えていた……」

「その一年後には、美術家平和会議（全国組織）の沖縄平和ツアーを計画実行しました」

「東京で夫と知り合って、夫が故郷の沖縄で頑張りたいというので私もついてきた。沖縄に来るのはごく自然だった。今、改めて沖縄はどうのこうのと考えたことはない。平たく言って沖縄に居ることはもう当たり前になっているの。沖縄の習慣も何の違和感もない」

「沖縄に来てよかった。沖縄に来たからこそ私の活動の場が広がった。沖縄では小さいながらも活動の成果が目に見えるのね。大きな社会ではそうではない。沖縄では、やればやるほど結果が見えてくる。ちょっとかもしれないけれど、何か役に立てているように思える。それが次のステップになる」

「東京に居たら一生団地暮らしね。沖縄に来たおかげで、いろいろなことをたくさん経験した。東京にいたら味わえないことをいっぱい体験した」

「みんなはね、何で沖縄に来たんだよ、東京に居たら大きなチャンスもいっぱいあるだろうにと言うんですよね。でも東京ではよっぽどのことがない限り、そういうチャンスはもらえないですよ」

「沖縄では、やっていることが皆さんと直に触れ合えるのよね。いいことも悪いことも皆と分かち合えるし、皆さんが支えてくれるの。それがいいねえ」

宮良さんは始終屈託なく笑い続けた。私も、いつしか旧知の友人と出会って話しているような穏やかな気持ちになっていた。

宮良さんは、途中で気がついたと言って立ち上がり、コーヒーを淹れてくれた。それもまた微笑ましくて、有り難く頂戴した。帰り際には、貴重な作品集もプレゼントしてくれた。手元に残っている数少ない作品集だと思われたが、惜しげもなく与えてくれた。

作品集は章立てされていて、絵画作品を中心に収載されていた。第一章は母たちのうた、第二章は焦土より、第三章は水底の歌、第四章は無辜・人人人だ。逞しい母たち女たちの踊り、祈り、嘆き、喜び、慟哭、怒り、働く姿が、独特のフォルムで力強く描かれている。ああ、宮良さんは人間が好きなんだなあと思う。沖縄の人々へ寄り添い、沖縄の人々と歳月を過ごす気概のようなものが、ひしひしと伝わってくる。

インタビューを終え、院生室に戻り、ジジュンにも作品集を広げて見せた。

「沖縄だね」

「そう、沖縄だ」

ジジュンの感想に、上原もうなずいた。そして改めて気づいたのだが作品集のタイトルは「沖縄」と大きく刻まれていた。

上原は何度も広げ見ては、宮良さんとの対面を思いだした。明るい笑いに秘められた宮良さんの飾らない人柄と自然体の決意が蘇ってきた。宮良さんへの感謝の思いが、自然に大きく膨らんでいた。

8

「沖縄県民として、ぼくは特に三つのことを誇りに思っている」

「うん？」

上原の言葉にジジュンが反応して、顔を上原に向ける。

「一つは、六・二三慰霊の日をつくったこと、二つめはシマクトゥバの日の制定、そして三つめは世界のウチナーンチュ大会の開催だ」

ジジュンがうなずいて言葉を継ぐ。

「それを県が条例化した。こんなことは、たぶん他府県にはないかもね」

「ぼくもそう思う。慰霊の日と、シマクトゥバの日は、沖縄の歴史から得た教訓だ。それこそ過去を忘れずに地域に寄り添った取り組みと言えるだろう。三つめの世界のウチナーンチュ大会は未来志向のイベントで、ウチナーンチュにとっては大きな励みになる。もっと県民以外の人にも注目して欲しいよ。三つとも沖縄の現在や歴史を理解する一助になる。ウチナーンチュは戦争で犠牲を強いられた。近代以降は言葉を奪われ、戦後は土地を奪われた。奪われたものを取り戻し、未来に誇りを持つ運動だ」

ジジュンだけでなく、比嘉友也や多和田真孝もうなずく。

同じ院生室の四名でティーラウンジでコーヒーを飲みながら休憩するのは久々のことだ。総合文化学部の院生たちは、院生室で声を出すと他の院生の邪魔になるので、休憩し、お互いにおしゃべりを交わす場所として、ここをよく利用している。

ジジュンと上原は塚本ゼミに属しているが、比嘉は琉球史研究の真久田ゼミ、多和田は言語研究で国吉貴子と一緒の仲本ゼミだ。多和田は県立芸大を卒業後、琉球舞踊や組踊の舞台にも立っていた。本人は『おもろさうし』の研究で大学院にやって来た。

上原の発言をきっかけに、四人の話題は県民投票のことから、慰霊の日のことやウチナーンチュ大会のことに移っていった。年長者の多和田も感慨深げに発言する。

「今年の慰霊の日の中学生の平和の詩の朗読、あの子の詩には久々に感動したなあ。あの子は全部暗記していたんじゃないかなあ」

多和田が感心したようにうなずきながら言う。そして、すぐに立ち上がり院生室に戻る。多和田の後ろ姿をみんなは首を傾げて見送るがすぐに納得する。多和田は院生室から「あの子」の詩の全文が掲載された新聞を持ち帰ってきたのだ。それをみんなの前で広げた。二〇一八年六月二十六日、慰霊の日から三日後の地元の新聞だ。みんなの目がその新聞へ注がれる。

「読んでみようか」

多和田は、たぶんそのつもりで新聞を取りに院生室に戻ったのかもしれない。みんなはうなずいた。

多和田の後から国吉貴子もコーヒーカップを持ってやって来た。四人の見守るなかで多和田の朗読が始まった。あの子とは港川中学校三年生の相良(さがら)倫子さん。詩のタイトルは「生きる」だ。

私は、生きている。

マントルの熱を伝える大地を踏みしめ、心地よい湿気を孕んだ風を全身に受け、草の匂いを鼻孔に感じ、遠くから聞こえてくる潮騒に耳を傾けて。

私は今、生きている。

私の生きるこの島は、何と美しい島だろう。青く輝く海、岩に打ち寄せしぶきを上げて光る波、山羊の嘶き、小川のせせらぎ、畑に続く小道、萌え出づる山の緑、優しい三線の響き、照りつける太陽の光。私はなんと美しい島に、生まれ育ったのだろう。ありったけの私の感覚器で、感受性で、島を感じる。心がじわりと熱くなる。

私はこの瞬間を、生きている。

この瞬間の素晴らしさが この瞬間の愛おしさが 今という安らぎとなり 私の中に広がりゆく。たまらなく込み上げるこの気持ちを どう表現しよう。大切な今よ かけがえのない 今よ 私の生きる、この今よ。

七十三年前、私の愛する島が、死の島と化したあの日。小鳥のさえずりは、恐怖の悲鳴と変わった。優しく響く三線は、爆撃の轟に消えた。青く広がる大空は、鉄の雨に見えなくなった。草の匂いは死臭で濁り、光り輝いていた海の水面は、戦艦で埋め尽くされた。火炎放射器から吹き出す炎、幼子の泣き声、燃えつくされた民家、火薬の匂い。着弾に揺れる大地。血に染まった海。魑魅魍魎の如く、姿を変えた人々。阿鼻叫喚の壮絶な戦の記憶。みんな、生きていたのだ。

私と何も変わらない、懸命に生きる命だったのだ。彼らの人生を、それぞれの未来を。疑うことなく、思い描いていたんだ。家族がいて、仲間がいて、恋人がいた。仕事があった。生きがいがあった。日々の小さな幸せを喜んだ。手をとり合って生きてきた、私と同じ、人間だった。それなのに、壊されて、奪われた。生きた時代が違う。ただ、それだけで。無辜の命を。あたり前に生きていた、あの日々を。

摩文仁の丘。眼下に広がる穏やかな海。悲しくて、忘れることのできない、この島の全て。私は手を強く握り、誓う。奪われた命に想いを馳せて、心から、誓う。

私が生きている限り、こんなにもたくさんの命を犠牲にした戦争を、絶対に許さないことを。もう二度と過去を未来にしないこと。全ての人間が、国境を越え、人種を越え、宗教を越え、あらゆる利害を越えて、平和である世界を目指すこと。生きること、命を大切にできることを、だれからも侵されない世界を創ること。平和を創造する努力を、厭わないことを。

あなたも、感じるだろう。この島の美しさを。あなたも、知っているだろう。この島の悲しみを。そして、あなたも、私と同じこの瞬間（とき）を一緒に生きているのだ。今を一緒に、生きているのだ。だから、きっとわかるはずなんだ。戦争の無意味さを。本当の平和を。頭じゃなくて、その心で。戦力という愚かな力を持つことで、得られる平和など、本当はないことを。平和とは、あたり前に生きること。その命を精一杯輝かせて生きることだということを。

私は、今を生きている。

みんなと一緒に。そして、これからも生きていく。一日一日を大切に。平和を想って。平和を祈って。なぜなら、未来は、この瞬間の延長線上にあるからだ。つまり、未来は、今なんだ。

大好きな、私の島。誇り高き、みんなの島。そして、この島に生きる、すべての命。私と共に今を生きる、私の友。私の家族。

これからも､共に生きてゆこう。この青に囲まれた美しい故郷から。真の平和を発信しよう。一人一人が立ち上がって、みんなで未来を歩んでいこう。

摩文仁の丘の風に吹かれ、私の命が鳴っている。過去と現在、未来の共鳴。鎮魂歌よ届け。悲しみの過去に。命よ響け。生きゆく未来に。私は今を、生きていく。


多和田の朗読が終了した。みんなの拍手が起こる。

「素晴らしいわ」

一緒についてきた国吉貴子が、まず多和田の朗読を讃える。

「さすが、組踊役者だわ、ほれぼれとして聞いたよ」

「朗読者が違うと、また違う味わいがあるね」

「詩としての芸術性と、平和を願うメッセージ性、この二つの力をバランスよく有している詩だな」

そこにいるみんなが、批評家になって思い思いの賛辞の言葉を並べる。多和田の朗読へか、詩の出来映えにか、どちらを讃えたのか曖昧だが、多和田は照れくさそうにコーヒーカップに手をやって一口飲む。

「この詩もまた、沖縄の祈りだな」

ジジュンが、感想を述べる。国吉貴子がうなずいて続ける。

「私も、この日、テレビの前で感心して詩の朗読を聞いていたの。相良さんは、詩の全文を暗記していたのではないかと思われるぐらい堂々として立派だった。前を向いて朗読していたわ」

これまで黙っていた比嘉友也が、コーヒーを音立てて一口飲んだ後、カップを置いて言い放った。

「ぼくは、子どもたちを政治の道具にすべきでないと思うな」

みんなが比嘉を見る。比嘉は臆することなく続けて言う。

「ぼくは中学生や小学生を、政治の舞台に引っ張り出すべきではないと思う。彼女はこれからずっと、この重たいメッセージを背負って生きていくことになる。もっと多くの世界を見て、考えて、柔軟な思考で物事を考えていいはずなのに、自らのメッセージの虜になって足枷を嵌められて生きていくことになる」

「ちょっと、待ってよ」

すぐに国吉貴子が反論する。

「政治の舞台ではないわよ。祈りの舞台だよ。そこで純粋に自分の意見を述べることがどうして悪いことなの？」

「悪いとは言っていない。大人に利用されていると言っているんだ。沖縄県に利用されていると言ってもいい。そういう意味で、政治的な道具にすべきでないと言ったんだ」

「平和を願うことは政治の問題じゃないわ。政治を越えた人間の問題よ」

「人間は政治に利用される。沖縄の歴史を考えてみろ。人間として自立した思想が叶えられたことがあったか？　沖縄県は琉球処分以降、すべて国家権力の思うがままの歴史を歩んできた。戦前も、戦争中も、戦後も、そして今もだ。なあ、そうだろう、多和田さん？」

「うん、それは、そうだが……」

「辺野古の基地問題だってそうだ。県民が反対したって、きっと辺野古の基地は造られる。新基地建設反対の投票をしたって工事はストップされない。今もなお埋め立てられているじゃないか。投票の結果如何に関わらず、埋め立ては粛々と進める。それが国家権力だ。沖縄は国家から期待される防波堤としての機能を立派に果たすと思うよ」

「ちょっと待って」

ジジュンが議論に割り込む。

「新基地建設と相良さんの詩の朗読は、別問題ではないか？」

「別問題にするから、いつまでも沖縄の思想の構築も、沖縄の自立もできないんだよ。二つとも根っこは一緒だよ。基地建設に賛成か反対か。日本国民として生きるか、それとも琉球国としての独立を選ぶかだよ。独立できないなら、国家のやりかたに、いつまでもつべこべ言わないことだな」

「ちょっと、論理が飛躍しすぎはしないか？」

ジジュンが首を傾げる。

「つべこべ言うことだけでも意味があると思うよ」

上原もそう言って疑義を挟む。比嘉は怯まない。

「いや、意味がないね。政治的には全く意味がない。いつも、そして今も、つべこべ言っても日本政府に無視されている。この現状を認識し、そこから出発すべきなんだよ。理想と現実は相容れない」

多和田が穏やかな口調で口を挟む。

「比嘉くんの言うことはやはり極端すぎるよ。私も基地問題と詩の言葉は、確かに相通じるところがあると思うが、別のメッセージだと思う。私は普天間基地撤去のためには、日本の現状から考えて辺野古新基地建設はやむを得ないと思うんだが、独立と基地問題を天秤にかけはしない。独立には反対だ。比嘉くんの考えは極端すぎるよ」

多和田の意見に、すぐに比嘉が反論する。

「極端にしないと見えないことがある」

国吉貴子が反論する。

「極端にすると見えなくなるものがある」

「何を言うか！」

国吉の言葉に比嘉が喧嘩腰になる。

「まあまあ、もう少し冷静に話し合おう。ぼくたちがここでいがみ合っても仕方のないことだろう」

「いや、仕方のないことだとは思わない」

多和田の言葉にジジュンが反応する。激しいやり取りになった。

「沖縄はもっと怒るべきだよ。今の沖縄に希望はあるのか？　希望を奪われてはいないか？」

ジジュンがさらに続ける。

「沖縄は、日本国家との関係ではどの時代にも虐げられてきた。次々と続く琉球処分の連続だ。まさに植民地だよ。しかし、負けずに絶望の中から希望をつくってきた。小さな希望にも光明を見いだして闘ってきた。その歴史を誇りにすべきだよ。希望はいつも国家に裏切られてきたが、それでも希望を持つべきだ。沖縄は闘っている。闘っている限り負けてはいない。ぼくの沖縄での日々はこのことを実感した日々だ。闘いから希望が見いだせる」

「そうかなあ、ジジュン……」

比嘉がため息を漏らす。

「沖縄県民はやがては諦めるんじゃないか。ジジュンは誤解しているよ。希望の繰り返しじゃなくて絶望の繰り返しだよ。絶望から脱出するためには簡単なことだ。自らも権力の側に立つことだよ」

「それは違うわ。それこそ自らを捨てることになるわ。自らの考えに沿って主体的に生きるからこそ、それぞれの人生には意味があるんじゃないの。そんな生き方は人間を放棄することになるわ。受け入れ難い考えよ」

「馬鹿か、お前は……。ぼくの意見もぼくの生き方も、ぼくが主体的に選び取ったものだよ」

国吉貴子と比嘉が激しく対立する。二人は恋人同士のはずだが……、と思うと上原は心配になる。

しかし、恋人同士だからこそ激しく言い争うことができるのかもしれない。それでも……、やはり心配になる。でも、ここで議論を打ち切るのも、きっとよくないことなのだ。そう思って気持ちを切り替える。

ジジュンの激しい意見にも上原は驚いた。日頃のジジュンからは考えられないことだ。沖縄は癒やしの島ではない。基地の島なのだ。いや闘いの島なのだ。それがジジュンの主張だろう。

いやその全部が沖縄なのだ。同じようにこの院生室の仲間たちも、それぞれが多様な葛藤を抱えているのだ。

上原は混乱していた。文学も、ずーっと自立を求めて闘ってきた。沖縄文学の歴史は自立を求めた闘いの軌跡だ。

「多和田さんは、先ほど辺野古新基地建設には賛成だと言ってたけれど、新基地だという認識はあるの？」

国吉貴子が、少し息を整え、比嘉との対決を避けるように多和田に向かって問いかける。

上原はほっとする。国吉貴子は上原たちと一緒に、辺野古で開催された県民集会に参加したことがある。上原は、多和田の方に顔を向けて返事を待つ。

「新基地という認識があるからこそ賛成するんだ。軍事基地は戦争するためにあるというが、戦争をさせないためにもあるんだ。存在することだけで意味がある。存在することだけで戦争している。それが軍事基地だ」

「それは危険な考え方だよ。それこそ極端な考え方だ。基地があれば攻撃される。沖縄は確実に攻撃の的になる。基地は戦争を誘発するフェロモンの役割をしているんだよ」

ジジュンが反論する。

具志堅学も院生室から出てきてコヒーカップを手に持って円陣に加わる。座ってすぐに一口、コーヒーを呑むと、興味深げにみんなの紅潮した顔を見る。

若い学生たちのティーラウンジでの議論はまだまだ続く。際限なく続く。みんなの結論が一致しなくても、それが沖縄の祈りだ。

9

大城立裕さんの記事が、地元の新聞琉球新報と沖縄タイムスに二月、三月と相次いで掲載された。琉球新報は、二月二十二日付けの記事で「名護市辺野古の新基地建設に伴う埋め立ての是非を問う県民投票」について、大城立裕さんに意見を求めたものだ。沖縄タイムスは平成の時代も間もなく終わるが、この時代をどう振り返るかというインタビュー記事だった。

上原もジジュンも注意深く二つの記事を読んだ。琉球新報には「県民投票という大げんか政府に売るまで成長した」という白抜き文字で見出しをつけて、冒頭に次のように記している。

名護市辺野古の新基地建設に伴う埋め立ての是非を問う県民投票について芥川賞作家大城立裕氏（93）＝那覇市＝は「県民は歴史的な大成長を遂げたと感じる」との見方を示

した。かつて日本へ「同化」しようともがいた時期もあった県民が「異化」に意識が変容し「政府に対して県民投票という大げんかを売るまで成長した」と語った。本土に対する劣等感から来る同化志向に対して独自のアイデンティティーを求めるのが「異化」だとし、日本政府による構造的差別を前に、辺野古での新基地建設への抵抗運動は「異化の爆発だ」と指摘した。

上原は、この記事を読んで胸が高鳴った。やはり、塚本教授にお願いして大城立裕さんに、直(じか)に会って話が聞きたいと思った。

続いて三月の沖縄タイムスの記事は「大城立裕さん『平成』を語る」とされ、見出しは「沖縄の独自性 強く自覚―政府の壁 昔ほど厚くない」とサブタイトルがつけられ、記者の発した問いに答えている。まず「平成という時代をどう総括するか」という問いには次のように答えている。

平成は、沖縄のアイデンティティーの自覚を促した反面、それだけに日本人として向きあう政治の難しい局面をより露出させた時代とも言えるだろう。平成元年は１９８９年。私の歴史解釈では、８０年代は沖縄の独自性の自覚が文化的に高まった時代だ。それまでは72年の日本復帰の影響でヤマト志向が強かったが、80年代になってから歌手の喜納昌吉や照屋林賢、芸人集団の笑築過激団がウチナーグチを使って活躍したことに表れるように、沖縄の土着志向が顕著に強くなった。それ以前はおとしめられていたウチナーグチに自信を持つようになった時代で名前を付けて区分してもいいくらい重要だと考える。

80年代に盛り上がった文化的自信の象徴的な結論のように92（平成4）年、首里城が復元された。芸能界には安室奈美恵が登場し他にもいろいろな芸術家が輩出して、全国的に沖縄が大活躍する時期を迎えた。それと同時進行で、基地問題の象徴のように95（平成7）年の米兵暴行事件があり、辺野古を巡る抵抗に発展し、今日まで来ている。平成は皮肉のように沖縄の時代になった。

歴史的に言えば、政治が文化に遅れている。沖縄の文化に対する尊重は高まっているが、政治における沖縄蔑視は変わっていないということだ。

ジジュンの目が鋭くなり、新聞の記事にさらに目を凝らす。記者の二つ目の問い「平成の政治を振り返って」には次のように答えている。

1990（平成2）年の大田昌秀知事の出現は歴史的な節目といっていい。米軍用地問題では沖縄の主体性を主張し、初めて表立って政府とケンカを始めた。95（平成7）年の大田さんの著書に『醜い日本人』がある。当時はショッキングなタイトルだったが先覚的な発想だった。もちろん日本人個人に対するものでなく、日本政府に対するものだが、日本政府が沖縄に基地を押し付けて省みない今日になって、その意義が太ってきたように思う」（中略）

ジジュンはうなずきながら読む。さらに続く記者の問い「今回の県民投票は若い人が中心になった。沖縄の人の意識の変化をどうみるか」に対しては次のように答える。

琉球処分以来ずっとヤマトへの同化志向で来た歴史を顧みると、日本政府に正面切ってNOを突き付けたことは本当に画期的だと思う。そしてその思想の芽生えは80年代のウチナーグチ文化の隆盛にあった。次第に政治的な自立志向に育ってきたと思う。

よくも正面切って日本政府とケンカする気になったものだ、と思う。沖縄の人は歴史的な成長を遂げた。

ジジュンは、やはり大城立裕さんに会って話を聞くべきではないかという思いが頭をもたげてきた。ジジュンも胸の高鳴りを抑えかねていた。「新しい時代に何を望むか」という記者の問いには次のように答えている。

平成は日本政府の壁を最高に意識する時代になったが、この壁は昔のように厚くはないと思う。本土の国民が十分に沖縄を良い意味で意識するようになったからだ。そう楽観するのはまだ早いという見方もあるだろうが。

平成は殺人や詐欺など暗い事件が多かった。人権が尊重され、子どもたちが活躍する明るい社会になってほしい。

大城立裕さんは、このように結び、未来の子どもたちへ希望を託している。

ジジュンは顔を上げて上原を見た。上原は笑みを浮かべている。ジジュンの意向を察知しているようだ。

「塚本教授へお願いしようか」

上原の言葉に、ジジュンも笑みを浮かべた。

「大城立裕さんに会って直に話を聞くことは、韓国に帰るお前の手土産になるだろう」

ジジュンはうなずいた。

塚本教授へ意向を伝えると、すぐに大城立裕さんに電話を入れて了解を取ってくれた。外出は困難ということで自宅へ招かれた。大城立裕さんの特別な配慮に感謝した。塚本教授も同行して案内するという。ジジュンも上原も塚本教授の好意に感謝して甘えた。

応接間に案内され、塚本教授に紹介をしてもらった。

大城立裕さんは、ジジュンと上原が「文学への思い」や「沖縄に対する思い」などを聞かせて欲しいと述べると、「漠然としていて答えるのが難しいなあ」とおっしゃりながらも笑みを浮かべて少し考えるような仕種をした後、ゆっくりと話し始めた。戦後間もなく作品を書き始めたころの話だ。

「最初はね、自分のことだったんですよ。一九四七年のことです。上海を追われて、日本からも追われたでしょう。幸い私の家族は両親とも生き残っていました。でも、母の実家は全滅ですよ」

「母の実家は何人いたかな。一、二、三、四、五……、六、七人いたけど全滅ですよ」

「これからどう生きていけばいいのか、拠り所がなくなってしまったからなあ。どう生きてもいいような気もしたんだが、それを考えて書いてみたいと思った。書くに当たっては人間にはいろいろの考えがあるから、対立の図式として戯曲という形式を思いついたんだ」

「それまでにぼくは戯曲を二つか三つしか読んだことがなかったんだがね。もちろん、私小説的な戯曲ですよ」

「本文に入る前にプロローグを書いた。それには見本があってね、倉田百三の『出家とその弟子』、それのプロローグを参考にした」

「知念にあった沖縄民政府の文化部に川平朝申さんが勤めていた。川平さんたちが企画した脚本募集があったから応募したんだ。そしたら一席になってしまってね（笑い）」

「川平さんたちは、当時あった三つの沖縄芝居の劇団のどちらかに上演させるつもりでいたようだが、ぼくはそのことを知らない。それで沖縄芝居でなく新劇の戯曲として書いたんだな」

「その二年後に、月刊タイムスで一周年記念の募集があって小説を書いたんだ。私小説が書きやすくてね。『老翁記』として親父のことを書いた」

「その後に新聞の連載小説を書いた。『流れる銀河』という小説だ。ハイカラな名前でしょう（笑う）。今、創作ノートを見るとね、ものすごく細かい計算をして書いてあるよ」

「『流れる銀河』を書いたのは五十三年ごろでね、ちょうど『琉大文學』が台頭してきたころだ」

「『琉大文學』からは新聞小説のような俗な物は書くな。そういう言い方をされたな。新聞小説を書いて原稿料なんかもらうのはけしからん、琉大文學に寄付しろ、などとも言われたよ（笑い）」

「ぼくは『琉大文學』のそういう発言もあったが、とにかく読ませる作品を書きたかった。新聞小説を書く準備として、いろいろな作品を読んだよ。例えば石川達三の『風にそよぐ葦』、あれは新聞小説なので参考になればと思い読んだんだ。あの本には、ぼくは勉強のためにたくさんの書き込みをしていますよ。それは県立図書館にある『大城立裕文庫』にあるはずだ」

「あの作品で……、うん、伏線の勉強なんかしたな。話を次に移す勉強だ。作品の展開を次の場面に飛び越えさせるのは難しいんだが、それの勉強をしましたよ。その他、人物の絡ませ方など、いろいろ勉強しましたよ」

「『琉大文學』の連中に何か言われても気にしなかった。ぼくもいろいろ勉強していたし、自信があった」

「そのころは思想的なことを考えてはいませんでした。思想的なことを考えて意識して作品を書いたのは、やっぱり最初は戯曲でしたね」

「『孤島王国』という作品です。それだけで思想的でしょう。琉球王国を書いたんですから。登場人物も蔡温だとかね……。孤島王国は、『沖縄文学』の創刊号に出たんじゃないかな。しかし、あの戯曲は長さだけは長いけど、幼稚なものでしたよ」

「歴史に詳しい先輩の山里永吉さんに見てもらったんだが、孤島王国の冒頭に琉歌のエピグラムを書いてあるんだが、それについて、たいしたもんだな、と言われてね。あの人はウチナーグチで作品を書けなかったはずなんだがな（笑い）」

「で、本当に小説らしい小説を書いたのは『二世』が初めてですよ。『二世』は、一人の人間の中に価値観が二つに分裂しているでしょう。それに興味があったんだ」

「佐藤優さんに言わせると、山崎豊子の作品に『二つの祖国』があるが、あれは『二世』にヒントを得たんじゃないかなと言うんだよ（笑い）」

「『二世』は宮城聡先生に言わせると、三箇所だけ直せば、間違いなく芥川賞狙えるがなと言うんだよ。三箇所がどこかはぼくは分からないけどね（笑い）」

「芥川賞なんかぼくは全く意識していなかったから、宮城聡先生からそう言われて、ハーヤー、マサカヒャー（とんでもない）などと思ったよ」

「ぼくは文芸雑誌を読んでいたが、芥川賞という言葉が出てきても、はあ……というぐらいだった。よそ目でみていた」

「そのうち『新沖縄文学』という雑誌が出たんだがね、そのころ、ぼくには四つの作品のストックがあったんだがね。『新沖縄文学』に何か書いてくれと編集委員の池田和が言うのでね、作品を発表したんだ」

「最初は戯曲『山がひらける頃』だ。上演されたことはないが、基地問題を考えて書いた作品だ。やんばるの山の中に基地ができるという設定なんだが、そのことによって文化が開ける。しかし、ウタキが潰される。基地問題の原点を書いた積もりだよ。『新沖縄文学』の創刊号に載っているはずだ」

「二番目の『亀甲墓』はものすごく力を入れて書いた。その原稿があるよ。推敲の跡が入った原稿だ。(立ち上がって書斎に取りに行き、テーブルの上で開いて見せる。たくさんの書き込みが残っている)」

「これは、ものすごく推敲しましたよ。この生原稿が琉大図書館にあるはずだ」

「県立図書館の大城立裕文庫にはね、『朝、上海に立ちつくす』、この作品の生原稿があるはずだ」

「『新沖縄文学』へ二番目に出したのがこの『亀甲墓』という作品。三番目に出したのが『逆光のなかで』だ。この作品はね、正面から基地問題を書いたんだがね。書いたのは一九五六年ごろですね」

「復帰運動をやっていた学生が拷問を受けたという事件があったんだが、たったそれだけの情報で書いたんだ」

「当時の軍の検閲は凄かったよ。厳しかったよ。アメリカに繋がる批判は絶対許さなかった。だからそれを潜り抜けるためにいろいろ苦労をした。その一つに、アメリカとか二世が言う言葉は避けた。肉体への拷問ではなく、言葉による拷問があってね、それを書いたんだ」

「沖縄の葬式の行列を書いてね、その行列にアメリカ軍の車両の列が突っ切っていくんだよ。

それを沖縄の文化と基地の相克を表すものとして象徴的に書いたんだ」

「この作品は新潮社が毎年十二月号に全国同人雑誌新人小説特集というのがあったんだが、それにぼくは出したんだ。最終選考まで残って選考委員はぼくの作品を推してくれたようだが、編集長は納得しなかったようだ。この作品は分かりにくいと言ってね。当たり前だよね。この作品はアメリカの検閲に引っかからないように、分かりにくくして書いたもんだからね(笑い)」

「しかし、ぼくはそれで満足したよ。分かる人と分からない人がいたからね。その作品を『新沖縄文学』の三号に出した」

「四号に出したのが、一番自信のない『カクテル・パーティー』だった」

「実際、中国語をしゃべる人たちを集めてやるカクテル・パーティーがあったんだよ。中国語でカクテル・パーティーのことを『鶏尾酒会』ということをパーティーに誘ってくれたアメリカ人に教えられた。もう曖昧だが、ぼくはその会に招待されたんだ」

「アメリカーがぼくのところに来て招待してくれたんだよ。ミスターミラーのモデルになる人物だ。作品の中にあるレイプ事件以降の出来事は全部フィクションです。素朴な抵抗文学でなく、基地問題の本質を書いたつもりです」

「実際、アメリカ人の住宅にも行きましたよ。そのころは中国語は知っていたしね、ぼくが中国語を話すことをあのアメリカーは知っていたんだろうね。彼はＣＩＣだったそうだからね」

「辺野古問題は、どこに移すかという話が出なくて、その前で止まっている、このことが不思議だなと思う」

「辺野古移設がなければ普天間は遅れるよ。政府が言っているのはそれだけでしょう。どこの県も引き受けないというのが問題なんだろうになあ。なぜ辺野古か、というところまで話がいっていないんだよ」

「かつて『小説琉球処分』という作品を書いたが、作品に沖縄を平和の砦とするという視点を入れるべきだったと、かなり後で思ったな。処分官、松田道之を中心に書いたんだが、政治小説でなく、沖縄の文化を書いたつもりだ」

「作品集『あなた』に収めた小説は私小説です。歳のせいもあるのか、私小説が書きやすくなってね。フィクションが面倒くさくなった（笑い）」

「若い作家たちがなかなか出てこないのが寂しいなあ。若い人たちは自足してしまったのかなあ。問題意識が弱いんでしょうねえ。考えるのが面倒くさいのかな。頑張って出てきて欲しいねえ」

大城立裕さんは、その後も多くのことを語ってくれた。しかし、ジジュンにも上原にももう十分だった。大城立裕さんは九十三歳だ。記憶も明晰で、ゆっくりと笑みを浮かべながら話し続けてくれたが、疲労が気になった。ジジュンと上原は、塚本教授を急かせて目配せをして立ち上がった。

二人にとっては珠玉の時間であった。特にジジュンにとっては韓国に帰っても自慢の宝物になると感謝して深々と頭を下げた。大城立裕さんの作品を韓国語訳して出版することが、今日のお礼になる。そう思った。その決意と一緒に大城立裕さんのいくつもの作品がジジュンの脳裏を駆け巡っていた。

10

弥生三月と言うが、沖縄ではこの季節には緋寒桜の花もほぼ咲き終わって葉桜になる。代わりに鮮やかな赤やピンクや白色などの花をつけるツツジが咲き競う。東村では「ツツジ祭り」と銘打ったイベントが県内外の観光客を集めて賑わいを見せる。

上原は、この「国立劇場おきなわ」を取り囲む背後の芝生の上の数箇所にも鮮やかな赤色の花を咲かせているツツジを見つけてジジュンに示した。

塚本教授は、国立劇場の壁を指さしながらみんなに説明した。

「この壁のデザインは、かつてやんばる（本島北部）などで多く見られた竹を編んだ垣根を擬したものだと言われているよ」

ジジュンは、なるほどとうなずく。

「韓国にもこのように竹を編んだ垣根が作られています。田舎に行けば、まだ見られますよ」

今度は、塚本教授がうなずく。

「国立劇場おきなわ」の今日の演目は「男性舞踊家の会」の出演する琉球舞踊の宴だ。ジジュンが沖縄を離れ、上原が研究室を離れるので指導教員の塚本教授が二人のためにと近くのラグナホテルの最上階にある中華レストランを予約して送別会を催してくれるという。その前に、塚本教授の大好きな「男性舞踊家の会」の公演に招待されたのだ。

このことを聞きつけてボーミックも、斉藤洋子も一緒に参加してくれた。院生室の比嘉友也や国吉貴子とはホテルのレストランで合流することになっている。数週間前に激論を交わした比嘉と国吉の二人だが、すぐに仲良しの恋人同士に戻っている。上原はその姿を見てほっとするが、同時にやや複雑な思いも禁じ得ない。自分は古い人間なのだろうかと思う。

「男性舞踊家の会」の公演は「国立劇場おきなわ」では毎年大好評の人気演目になっているようだ。チケットはなかなか手に入らないという。今回は9人で踊ってくれた。塚本教授がお気に入りだという金城真次のほか、佐辺良和、玉城盛義、宮城茂雄など錚々たるメンバーである。彼らは琉球舞踊をはじめ、組踊や沖縄芝居等でも大活躍をしている。

ジジュンも上原も、そして傍らのボーミックも斉藤も舞台に釘付けになった。軽快な雑踊りから古典舞踊の名作まで一糸乱れぬ舞台に感動した。第三部では金城真次、大湾三瑠、阿嘉修の三人がそれぞれの創作舞踊を披露した。男性舞踊家ならではの躍動的な舞台で個性や魅力溢れる琉舞の世界を堪能した。

上原にも、9人のうちの何人かの名前は組踊の舞台で聞き覚えがあった。しかし、一堂に会しての踊りを見るのは初めてである。傍らでほくそ笑んでいる塚本教授の好意に改めて感謝したい思いだった。

ラグナホテルへの移動は、タクシーを利用した。送別会では、だれもが、ビールかワインか、それとも泡盛を飲むつもりなんだろう。自家用車は、上原も塚本教授も自宅においての参加だった。

ホテルに着くと、比嘉友也と国吉貴子はすでに到着していた。ロビー階の藤椅子に腰掛けてにこにこと話しあっていた。声を掛けるのがためらわれるほどに恋人同士だ。ボーミックが二人を少し冷やかした後に、全員で最上階の会場に移動した。

送別会の予約がされた最上階の中華レストランからの夜景は美しかった。多くの建物や路上には、きらきらと輝くイルミネーションが散りばめられているようだった。

料理が並べられる前に、塚本教授の音頭で、ジジュンと上原の労をねぎらうビールでの乾杯の音頭が取られた。続いてジジュンと上原が感謝の言葉を述べた。セレモニーはここまでで、料理が並べられると同時に自由な会話が飛び交った。

上原にとっては感慨深い一年だった。よく知っていると思っていた沖縄が新たな沖縄として浮かびあがってきた。上原が院に入学した二〇一八年の四月から二〇一九年三月までの一年はまさに激動の一年であった。過渡期の様相を呈した一年だった。

しかし、翻って考えてみると、沖縄はいつでも過渡期の時代に翻弄されてきたようにも思う。平穏な時代はなかったのではないか。そんな気がする。今年がとりわけ過渡期ということでもないのだ。そう考えると苦笑が出た。

また、上原は研究室を去るけれど院を卒業した訳ではない。現場に戻り、残り一年間で修士論文を書き上げなければならない。先ほど塚本教授からは、お祝いの言葉と同時に、このことに釘を刺されたばかりだった。

ジジュンも韓国に戻るが、ジジュンは残り半年間で論文を提出しなければならない。沖縄研究、沖縄文学研究の成果が期待される。上原にとって、ジジュンという友人を得たことは、何よりの財産だ。そう思ってジジュンを見る。

「ボーミックには、余計な鑑賞会だったかな？」

「えっ、何でですか、先生」

ボーミックが、塚本教授の言葉に顔をあげて問いかける。

「いや、ボーミックは、研究対象を組踊だけでなく劇団創造研究をも含めて手広くやると聞いたんだが、まさか琉球舞踊までは手を広げないだろうねえ。だから、余計な鑑賞会になったのかなと思って……」

「とんでもありません。先生、有意義な鑑賞会でした。琉球舞踊も組踊も現代演劇も舞台空間は同じです。沖縄の持つ文化の力、人間が有する肉体の力、このことに今日ほど感心したことはありません。ますます沖縄を好きになりました。沖縄は本当に魅力的な土地です」

「有り難う、そう言ってもらうとほっとするよ」

塚本教授が、いつになく上機嫌でビールを飲み微笑んでいる。

ボーミックもいつになく声が大きい。ワインを次々と飲んで楽しそうに笑っている。

「私、やっぱり琉球舞踊の研究もやろうかな」

ボーミックは笑顔を浮かべて塚本教授をからかっている。

ジジュンにも、上原と同じぐらい大きな感慨があった。職場に籍を置いたままの研修制度を利用しての塚本ゼミでの研究生活だった。この三月で一年になる。九月までの残り半年間で論文を仕上げることになる。この一年間は上原という沖縄文学研究者の友人を得て充実した一年になった。アンケートの実施、インタビューの実施、戦争体験者や著名人との面会、渡嘉敷島や阿嘉島を訪ねることはまたの機会に譲ったが、この目でこの身体で、沖縄を深く学んだように思う。論文の執筆にも目途がついた。上原や周りの素晴らしい友人たちに感謝したいと思う。

「ジジュンが韓国へ帰ると寂しくなるなあ」

比嘉友也が、本当に寂しそうにビールを飲んでつぶやいた。

「あれ、あなたち二人は喧嘩友達だったんじゃないの?」

国吉貴子が比嘉を冷やかす。

「喧嘩するほど仲がいいということさ」

「そういうことです。友也と貴子、あなたたち二人と一緒です」

ジジュンが比嘉の言葉に調子を合わせてみんなの笑いを誘う。

上原は、このホテルのこのレストランは、妻の朋子と何度か来たことがあった。しかし、今日は何だか初めてのような気がする。夜景も料理も新鮮だ。朋子は臨月になったが、お産が済んだら家族全員でこのレストランに来たいと思った。そのときは家族四人になっているはずだ。

「今日は嬉しいニュースを二つ提供しよう」

塚本教授が笑みを浮かべながらグラスを置く。いつの間にかビールから泡盛に変わっている。

みんなの視線が一斉に塚本教授に向かう。

「一つ目の報告。実は世界へ発信する沖縄ネットワークを作ることにした。先月来沖していたハワイ大学の友人ワトソン教授と話し合って決めたんだ。ワトソン教授は、ハワイ大学で沖縄の文化や歴史、文学を教えている。沖縄移民の祖先を持つ沖縄通の移民三世だ。二人で会う度に、このことを話題にしていたのだが、いよいよ実現することになった。ワトソン教授はすでに二十人ほどの賛同者を学内で得たそうだ。ネットワーク本部は、ハワイ大学へ置く。沖縄にも支部を置いて、私が支部長になる。ネットワークの名前は、「ピースムーブメントイン沖縄ネットワーク」、略して『ピモン（PMON）』だ。私もすでに十名ほどの仲間の賛同を得ている。順次に輪を広げていく。それほど難しいことではないと思う。沖縄と世界を繋ぐネットワークだ。幸いなことに一九九〇年八月に開催された第一回世界のウチナーンチュ大会を契機にして、すでに各国には地元新聞社の海外通信員もいる。このネットワークと互いに協力することも可能なようだ。アメリカのロスアンゼルス、フランスのパリ、ドイツ、イタリア、韓国、中国、ブラジルなど、とりあえずは各国の大学へ各支部を置き、順次組織を広げていく。日本政府対沖縄の対立の構図を突き破るネットワークだ。会則も確定した。既にアメリカやカナダの大学に在籍する仲間からはメールで同意を得ている。次回二〇二一年の第七回世界のウチナーンチュ大会で、第一回PMON沖縄会議を開催する」

「素晴らしい！」

全員の拍手が沸き起こる。みんなが目の前の杯を持って立ち上がった。塚本教授も立ち上がってみんなと杯を合わせる。

「先生、おめでとうございます。嬉しいです」

「ぼーっと生きていると思っていたけれど」

「ぼーっと生きているんじゃねえよ」

軽口も飛び交う。みんなの拍手が鳴り止んだところで、塚本教授が再びみんなを見回して言う。

「もう一つあるんだ」

塚本教授が満面の笑みを浮かべている。着席を促し、みんなが座って静かになったところで自分も座って話し出す。

「二つ目は沖縄ペンクラブを立ち上げる」

「えっ、沖縄ペンクラブ?」

「そう、沖縄ペンクラブだ。立ち上げて国際ペンクラブへ加盟する。これも次回のウチナーンチュ大会の二〇二一年までには手続きを完了し世界のウチナーンチュ大会で宣言する。もちろん、これもワトソン教授や仲間たちと慎重に検討した結果だ。既に国際ペンの指導を受けて立ち上げる見通しもついた。一国に二つのペンクラブがあっても問題はないそうだ。日本ペンクラブと競い合って世界の平和のためにできることを発信する。日本ペンクラブに所属する私の友人たちからも多くの賛同を得ている。むしろ遅すぎたよと叱責されている。沖縄の特殊な状況を土台にしたペンクラブだ。沖縄の表現者たちが日本ペンクラブに属するよりは、沖縄独自の文化や文学を、沖縄独自のペンクラブから発信した方がいいだろうという考えだ。立ち上げるまでの事務局は私が担当する。文化や文学における沖縄の自立だ。ぼーと生きていられない」

「先生、素晴らしい！」

「先生、大賛成！」

ボーミックがひときわ大きな声を上げて賛同する。ジジュンも上原も再び立ち上がって拍手をする。比嘉も国吉も斉藤もうなずきながら立ち上がって拍手をする。

「なんて素晴らしい夜なんだろう。エキサイティング、ファンタスティックな夜だわ」

ボーミックが顔を赤らめ、塚本教授に興奮した口ぶりで話しかける。素晴らしい送別会の宴になった。ジジュンもそう思う。再びみんなで乾杯をする。塚本教授はこの日を密かに待っていたのだろう。

立ち上がったままの拍手の中で、ボーミックが、みんなに向かって話し出す。

「実は、私にもサプライズがあります」

「えっ？」

騒々しかった座が一瞬静かになる。ボーミックが笑顔で話す。

「私……、結婚します」

「ええっ」

みんなは、飛び上がらんばかりに驚いた。

「沖縄は魅力的な土地です。同じように、魅力的な男性に出会いました。彼はＯＩＳＴ（沖縄科学技術大学院大学）で働いているオーストラリアからやって来た研究者です。沖縄の海の珊瑚を研究しています。プロポーズされました」

「ええっ？」

「いつ？」

「どこで？」

「どんな言葉で？」

「それで、返事はいつしたの？」

みんなの矢継ぎ早の質問にボーミックが顔を赤らめる。

「今日は、ジジュンと上原さんの送別会です。私の結婚の話じゃない。でも私、我慢できなくて、今、報告しました」

「おめでとう！　ボーミック」

ジジュンも上原も、みんながボーミックの元に駆け寄り、握手をし、肩を抱き、杯にワインを注ぐ。ボーミックは自らの杯にもワインを注ぎ何度も乾杯を繰り返す。

周りの客の怪訝そうな眼差しに、国吉貴子が弁解するように説明する。

「結婚するんです。彼女が、ボーミックさんが」

彼女を指さして紹介する。

「おめでとう」

周りの客からも祝福の声が上がり、拍手をしてくれる。

「なんて、ファンタスティックな夜だろう。なんてエキサイティングな夜だろう」

ボーミックでなくても、みんなの心に大きな明かりが灯る。

レストランから眺める夜景は美しい。何もかもが、ボーミックを、塚本教授を、みんなの人生を祝福しているように思われる。今はこの幸せ感に浸っていたいと思う。

しかし、この景色は昼になると一変する。沖縄には美しい夜景と同時に辛辣な昼の景色が存在する。辺野古にも高江にも、普天間にも摩文仁にも、渡嘉敷島にも与那国島にも、いたる所に存在する景色は一瞬にして癒やしの島の擬態を突き破る……。

上原は思う。沖縄には土地に刻まれた記憶がたくさんある。悲しい記憶もあれば美しい記憶もある。長い痛苦の歴史の中に刻まれた無名の人々の不屈の物語を掘り当てること、土地に埋もれたかけがえのない唯一の物語を探り当てること、これこそが文学の仕事だ。文学研究者のたい。

仕事のような気がする。埋没させてはならない物語、隠蔽されてはならない物語、それを紡ぎ

ジジュンは思う。韓国にも沖縄と同じ人間が住んでいる。韓国にも無名の人々の物語があり韓国の祈りがある。この闇の中の空も韓国に繋がっている。闇は払拭できる。夜があっても朝がくる。人間の知恵が必ず平和をつくりだす。そんな日がきっとくる。文学や文化は平和をつくる一里塚になれる。文学や文化は政治に負けない普遍的な闘いをつくることができるのだ。

上原もジジュンも思う。美しい夜景、遠くで輝いている光は「沖縄の祈り」「韓国の祈り」、そして「人間の祈り」だ。この光に包まれて人々は生きている。一つ一つの光にかけがえのない命が宿っている。人々の魂がある。人々の言葉がある。そこに希望がある。インタビューやアンケートに答えてくれた多くの人々が、このことを教えてくれたような気がする。二人は手の平に汗ばむものを感じながら、しばらく窓辺の夜景に見入っていた。

上原のスマホが突然振動する。着信の知らせだ。予想していたことの知らせかもしれない。席を外して廊下に出てスマホを握る。妻の朋子からの電話だ。上原の頬がだんだんと緩んでくる。電話を切る。席に戻って、みんなになんと報告しよう。サプライズ第四弾だ。上原の頬が紅潮して、さらに大きな笑顔になっていた。

〈了〉

大城貞俊

（おおしろ さだとし）

一九四九年沖縄県大宜味村に生まれる。元琉球大学教育学部教授。詩人、作家。県立高校や県立教育センター、県立学校教育課、昭和薬科大学附属中高等学校勤務を経て二〇〇九年琉球大学教育学部に採用。二〇一四年琉球大学教育学部教授で定年退職。

主な受賞歴

沖縄タイムス芸術選賞文学部門（評論）奨励賞、具志川市文学賞、沖縄市戯曲大賞、九州芸術祭文学賞佳作、文の京文芸賞最優秀賞、山之口貘賞、沖縄タイムス芸術選賞文学部門（小説）大賞、やまなし文学賞佳作、さきがけ文学賞最高賞などがある。

主な出版歴

詩集『夢（ゆめ）・夢夢（ぼうぼう）街道』（編集工房・貘）一九八九年／評論『沖縄戦後詩人論』（編集工房・貘）一九八九年／評論『沖縄戦後詩史』（編集工房・貘）一九八九年／小説『椎の川』（朝日新聞社）一九九三年／評論『憂鬱なる系譜―「沖縄戦後詩史」増補』（ZO企画）一九九四年／詩集『或いは取るに足りない小さな物語』（なんよう文庫）二〇〇四年／小説『記憶から記憶へ』（文芸社）二〇〇五年／小説『アトムたちの空』（講談社）二〇〇〇年／小説『運転代行人』（新風舎）二〇〇六年／小説『G米軍野戦病院跡辺り』（人文書館）二〇〇八年／小説『ウマーク日記』（琉球新報社）二〇一一年／大城貞俊作品集〈上〉『島影』（人文書館）二〇一三年／大城貞俊作品集〈下〉『樹響』（人文書館）二〇一四年／『「沖縄文学」への招待』琉球大学ブックレット（琉球大学）二〇一五年／『奪われた物語―大兼久の戦争犠牲者たち』（沖縄タイムス社）二〇一六年／小説『一九四五年 チムグリサ沖縄』（秋田魁新報社）二〇一七年／小説『カミちゃん、起きなさい！生きるんだよ』（インパクト出版会）二〇一八年／小説『六月二十三日アイエナー沖縄』（インパクト出版会）二〇一八年／『椎の川』コールサック小説文庫（コールサック社）二〇一八年／評論『抗いと創造―沖縄文学の内部風景』（コールサック社）二〇一九年／小説『海の太陽』（インパクト出版会）二〇一九年。

沖縄の祈り

二〇二〇年四月十五日　第一刷発行

著者……大城貞俊
企画編集……なんよう文庫（川満昭広）

〒九〇三－〇八二一　沖縄県那覇市首里儀保二－四－一A
Email:folkswind@yahoo.co.jp

発行人……深田卓
発行……インパクト出版会

〒一一三－〇〇三三　東京都文京区本郷二－五－一一服部ビル二階
電話〇三－三八一八－七五七六　ファクシミリ〇三－三八一八－七五七六
Email:impact@jca.apc.org
郵便振替〇〇一一〇・九・八三一四八

装釘……宗利淳一
印刷……モリモト印刷株式会社